警犬汉克历险记47

稚嫩的小鸡

作 者

[美] 约翰·R.埃里克森

插画家

[美] 杰拉尔德·L.福尔摩斯

译 者

陈夏倩 英尚

浙江工商大学出版社
ZHEJIANG GONGSHANG UNIVERSITY PRESS

图字：11-2011-207 号

图书在版编目（CIP）数据

稚嫩的小鸡 /（美）埃里克森（Erickson, J.R.）著；
陈夏倩，英尚译 .—杭州：浙江工商大学出版社，2015.3
（警犬汉克历险记；47）
书名原文：The Case of the Tender Cheeping Chickies
ISBN 978-7-5178-0145-0

I.①稚… II.①埃…②陈…③英… III.①儿童故
事—美国—现代IV.① I712.85

中国版本图书馆 CIP 数据核字（2013）第 292211 号

稚嫩的小鸡

[美]约翰·R.埃里克森 著

陈夏倩 英尚 译

出版发行	浙江工商大学出版社
出 品 人	鲍观明
版权总监	王毅
组稿编辑	玲子
责任编辑	罗丁瑞　黄静芬
策划监制	英尚文化　enshine@sina.cn
营销宣传	北京大地书苑图书发行有限公司
设计排版	纸上魔方
印　　刷	北京市全海印刷厂
开　　本	710mm×1000mm　1/16
印　　张	8
字　　数	100 千字
版 印 次	2015 年 3 月第 1 版 2015 年 3 月第 1 次印刷
书　　号	ISBN 978-7-5178-0145-0
定　　价	19.80 元

本书献给我的家乡——得克萨斯州佩里顿

那些善良的人们，

他们最早意识到汉克的独特之处。

牧场全景图

1. 盖岩高地
2. 通往特威切尔市的道路
3. 通往高速公路和 83 号
   酒吧的道路
4. 马场
5. 斯利姆的住所
6. 蛋糕房
7. 器械棚
8. 翡翠池
9. 鲁普尔一家住所
10. 比欧拉所在牧场
11. 邮筒
12. 油罐
13. 狼溪
14. 黑森林

出场人物秀

汉克

牛仔犬，体型高大。自称牧场治安长官。忠诚又狡黠，聪明又愚蠢，勇敢又怯懦。昵称汉基。

卓沃尔

汉克忠诚但胆小的助手。个子矮小，执行任务时，经常说腿疼，让人真假难辨。

皮特

牧场里的猫，喜欢和汉克作对，但与卓沃尔关系不错。

鲁普尔

汉克所在牧场的主人，萨莉·梅的丈夫。

萨莉·梅

牧场女主人，因不喜欢汉克的淘气和邋遢，与汉克的关系时好时坏。

斯利姆

牧场的雇员，牛仔，独身，生活较邋遢。

阿尔弗雷德

鲁普尔和萨莉·梅的儿子，是个活泼、好动的小男孩儿。

莫莉

鲁普尔和萨莉·梅的女儿，阿
尔弗雷德的妹妹。

莫里斯

一位筑路机司机。

迪克西

莫里斯的一条杂种狗。

精彩抢先看

查看小鸡

我转身爬向车内，啊，我的前腿跳到了座位上。

嗯！

我看到了一个盒子，一个可爱的小纸盒子……旁边有很多小洞。从可爱的小盒子里……传来可爱的唧唧声。哇，我很想知道是什么发出的，啊，这种声音。我的意思是，在我的职业生涯中，我遇到过很多硬纸盒子，但是从来没有遇到过……会发出吱吱和唧唧的声音。

我又向，啊，人身上瞥了一眼……也就是萨莉·梅和阿尔弗雷德，他们还在激烈地讨论着笼子的事情，显然没有时间来管……

我一点一点地向车里面挪去，这次我试着让后腿离开地面踏到了车底板上。我把鼻子伸向了盒子。吸溜，吸溜。嘴里的口水突然……我不得不启动了舌底的水泵来清理口中的泉水……

我的鼻子又嗅向了盒子，直到盒盖的下面。我碰到他们了！我对"无声水压鼻子起重机"输入命令，慢慢地，非常缓慢地，盒盖开始……

"汉克！"

目录

第一章

永久弹簧
床的秘密

　　又是我，警犬汉克。长鼻子路怪在春天的一个凌晨袭击了我们的牧场。事先我们没有得到任何警示。一分钟之前，一切还都是那么平静安宁，但是一分钟之后，安宁和平静被这个怪物的吼叫声打破了。

　　也许你不会相信有长鼻子路怪这回事。就连我也不信，直到这个家伙袭击了我们牧场总部的院子，威胁要把这个地方撕成碎片，吃掉牧场里的每一个人和狗。

　　可以看得出，这不是一个普通的神秘事件。如果按照从零至十这个尺度来衡量，它令人害怕和做噩梦的指数是九点五。太糟糕了，我们必须查明他的身份。没开玩笑，就是这么恐怖。

　　我可告诉你哦，如果你还未成年、身体不适或者精神紧张，那就最好跳过前面的三章，从故事的第四章开始读起。这样，最吓人的部分基本上就过去了。

　　好了，我们说到哪儿了？噢，对了，小鸡。他们是被装在边上带窟窿的纸盒子里运到牧场的，是小阿尔弗雷德和他妈妈从一个农场里买的。那个农场的母鸡都坐在窝里，生蛋，然后再孵出小鸡来。

　　小鸡是从鸡蛋里来的，你知道吗？也许你还以为熏肉是从鸡蛋里来的，但是不对。熏肉是从猪身上来的，而小鸡是从鸡蛋里来的。但是熏肉和鸡蛋有时候会同时出现在早餐里，因为……

等等，先停一下。我们不是在谈论小鸡，他们在后面的故事里才会出现，说实话，你也不应该知道这些事。

所以还是先忘了我们刚才说的有关小鸡，或者熏肉和鸡蛋的故事，即使小鸡真的来自鸡蛋，熏肉真的来自……啊……我的口水都流出来了。

先把这段跳过去。就当我们从来没说过这些事情。

我们正在谈论长鼻子路怪，这才是我们刚才正在谈论的内容。所以，坐下来，准备听一些非常恐怖的故事。

这件事发生在春天里一个平静的早晨。这句话我已经说过了，但是我还想再重复一遍。因为重复重要的事情从来就没有坏处，而根据这个事件的性质，他们确实非常重要。

这是牧场上一个平静的早晨，是春天里再普通不过的一天。野火鸡在白天的时候离开了他们的栖息地，对那些——无论是谁——爱听闲话的人，唠叨着他们的废话，反正不是对我，因为火鸡说的没有我感兴趣的东西。

噢，我做完了把太阳叫出地平线的日常工作，这在我的日常工作中是非常重要的。如果哪天我忘记了，就不会有白天了。白天都会变成黑夜，因为白天没有了阳光就不能称其为白天。而且如果我哪天忘记了叫出太阳，火鸡们就没有什么事情可以唠叨了，因为他们早晨起来的第一件事情就是唠叨。

为什么呢？我也不清楚。我很关心这件事吗？不。如果你要问我，我就会告诉你，如果那些家伙在早晨的时候不制造噪音，这个世界将会更加美好。并不是由于他们打扰了我的睡眠，因为我很少在那个时候睡觉。好吧，就算我也偶尔在那个时候睡会儿，但是我并不欣赏……

还是忘了火鸡吧。

我们收到有关路怪的报告大约是在星期三早晨的九点钟，或者是星期四早晨的十点钟？这些并不重要，重要的是报告来得既响亮又清晰。

我和卓沃尔很忙，非常忙，正忙着在畜栏的附近做一件重要的工作，虽然我已经不记得是什么具体的工作了……等等！我想起来了。卓沃尔有一个很有意思的发现，尽管他大多数的发现都没有意思，但是这次的还算可以。

他发现一只绿色的大牛蛙正坐在翡翠池的南岸。你看出其中的重要性了吗？也许没有，所以这可是个独家新闻。翡翠池是属于我们狗的，那是我们私用的洗澡和疗养的地方，治安部门的雇员可以到那儿放松，浸泡在矿物质水中，让我们的精力从经营牧场的繁重工作中得到恢复。

换句话说，那是我们私人的休养和度假的地方。但是根据卓沃尔的报告，一只肥大丑陋的绿色大牛蛙正坐在南岸——看上去对那里很满意，好像那个地方是他的。但是那个地方并不是他的，坦率地说，他甚至没有得到过使用我们的设施的邀请。

当卓沃尔把这个有关入侵的牛蛙的消息告诉我的时候，我感到十分震惊和惊慌。"一只牛蛙使用了我们的设施？这样很不好，伙计。我希望你命令他离开。"

卓沃尔给了我一个傻笑。"是呀，希望总是没有坏处。"

"你的意思是你命令过他离开了吗？"

"噢……也不完全是这样。我的意思是希望永远是弹簧床。"

经过一阵沉默。"什么？"

"我说……让我想想。有一句有关希望和弹簧床的谚语。"

"是吗？说下去，把你的话解释清楚。"

"噢……我当然不想把话说得不清楚。"卓沃尔扭曲着脸，摆出一副沉思的表情。"永久的弹簧床是用希望做的。"

"永久的弹簧床？我从来没有听说过这种东西。是不是……等等，先停一下。我想起来了。"我开始在矮子的面前踱步，当我的大脑在追寻某个重要的概念时，我会经常这样做。"用有哲理的谚语来表达你的意思应该是：'希望永远是喷泉。'"

"我就是这么说的。"

"你不是这么说的。你完全搞混了，所以你说什么弹簧床。"

"也许是个床垫。"

"不是床垫，这跟床没有任何关系。"

"好吧，但是如果一张床没有弹簧，是不是会很硬？"

"当然，是的。会非常硬。"

他咧着嘴笑了。"噢，这就是它们被叫作'永久性弹簧'的原因，它们很结实，可以永远用下去。"

我停止了踱步，用眼睛瞪着他。"卓沃尔，求你了。你令我很为难。你提到的那个充满智慧的谚语跟床、床垫，或者永久性弹簧床没有任何关系。我再给你重复一遍这句有智慧的谚语：'希望永远是喷泉。'"

他的眼睛里好像出现了光芒。"噢，我现在明白了！翡翠池的水来自底下的喷泉，如果你把'希望'的'希'字拿掉，就只剩下了'望'。"

"我不明白你的话，卓沃尔。"

"水来自喷泉，牛蛙在望着，所以这句谚语真的是在说我看到的牛蛙。"

他的话听着开始有点儿意思了。"那么'永远'呢？"

他的笑容消失了。"我不清楚。这两个字好像跟整句话不太协调。"

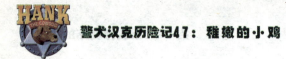
"是不太协调。也许你应该把这两个字去掉。"

"是的，也许有人弄错了。"

"对。这样的事情经常发生。好了，现在我们弄明白了。我们可以去掉'希望'的'希'字，然后再去掉'永远'。就成了'望喷泉'。"我思考了这几个字一会儿。"等等，卓沃尔！我认为，我已经把这件事想明白了。"

"我认为是我想明白了。"

"你已经很接近了，伙计，但是这种事情，接近还不能算数。"我又开始踱步了。"好吧，咱们可以这样，认真听着。在很久以前，当朝圣者们刚来到得克萨斯潘汉德尔地区的时候，他们发现了翡翠池，但那时候它还没有一个名字。"

"我很想知道为什么没有。"

"因为它就是没有，这就是为什么。他们看见一只牛蛙正坐在岸边望着喷泉。"

"所以他们叫它'望天堂'？"

我停了下来。"什么？望天堂？你在说什么呢？"

"噢，你说他们发现了一个人在望喷泉。"

"我没有说一个人在望喷泉。我说的是一只牛蛙。我们在过去的十分钟里谈论的不就是这个吗？在我们谈论牛蛙的时候，你怎么说成是一个人了？"

"噢，我认为……伙计，我肯定是给弄混了。"

"听我说，卓沃尔，我几乎把这件事情想明白了。是这样的，当牛蛙望着泉水的时候，他们决定把这个地方叫作'望喷泉'。"

"噢，你的意思是……"

"完全正确。追溯到几千年以前，那句谚语'希望永远是喷泉'就是翡翠池的真正代号。通过巧妙的询问，我从你无意识的大脑里挖掘出了这个秘密信息。你难道不觉得肃然起敬，或者是别的什么吗？"

"伙计，这么说那是一只老牛蛙。"

我盯着他看了一会儿，想知道他是否知道自己在说什么。他嘟嘟囔囔的，是在想说出他心里最后的一点儿困惑。

"卓沃尔，现在我可以给你揭开其余的秘密。你看，我刚才想明白了为什么'永远'这个词会出现在那句有智慧的谚语里。'永远'就意味着老，对吧？那只牛蛙在这儿已经有几千年了，是吧？"

"噢，我的天哪！你的意思是……"

"是的，卓沃尔。我们之前认为'永远'这个词用错了，现在看来不是。它铺垫在有智慧的谚语里是有原因的。"

"铺垫。你是指……弹簧床？"

我叹了一口气。"不，卓沃尔，求你不要再提什么弹簧床了。"

"对不起。"

"我知道你是想帮忙，但是先让我说完了。朝圣者们知道牛蛙会随着时间变老，会变成一只非常老的牛蛙，所以他们就将我们的池塘叫作'永远望喷泉'。"我给了他一个胜利的微笑。"所以现在我们不仅知道了那句谚语的真实含义，而且还知道了我们池塘原来的名字。"

卓沃尔眨了好几下眼睛。"我真该死。这太神奇了。"

"当然了，但是我得提醒你，做神奇的事情只是我们治安工作的一部分。干得不错，伙计。没有外界的任何帮助，我们狗就弄清楚了翡翠池的历史。你觉得我们在这个池塘里洗个澡庆祝一下怎么样？我说我们应该犒劳一

下自己——"我敏锐的眼睛突然发现了一个重要的细节：卓沃尔不再笑了。

"你怎么了？"

"噢，我的天哪！我刚才有一个可怕的想法！"

　　你准备好听卓沃尔那个可怕的想法了吗？他是这样说的，一字不差。"如果那只牛蛙在那儿有一万年了，是不是意味着这就是他的池塘，而不是我们的了？"

　　我盯着他空洞的眼睛。"卓沃尔，我警告过你多少次了，不要问我不知道怎么回答的问题。"

　　"我也不知道。可能是三次吧？"

　　"不对，三百次。我一遍一遍地警告你，不要问那些未经牧场治安长官批准的问题。你知道你干了什么吗？"

　　"不太知道。"

　　"你把所有的事情都毁了！如果这个池塘不是我们的，我们还怎么能在这儿尽情享受？"

　　"噢，我觉得我们可以……请求牛蛙的许可。"

　　"什么？请求牛蛙的……卓沃尔，我永远也不会为任何事去请求牛蛙的许可，永远不会！"我走开了几步。我的大脑在紧张地考虑着有关财产法的许多细节。"好吧，我认为我已经找到这个问题的答案了。"

　　"噢，太好了。"

　　"很简单。我们用一种适当的方法走近那只牛蛙，我们告诉他……

噢……离开这儿，离开我们的池塘，永远也别回来。"

"对，但是如果他不听呢？"

"在这个案子中，卓沃尔，我们将诉诸财产保护法，这只是我们的底线。再不行，我们就打他。反正我们比他高大，比他人多。"

"是呀，那将会很有意思，因为牛蛙不会咬人。"

"完全符合我的观点。快点儿，伙计，我们把这件事一次性彻底解决了。那只牛蛙竟敢偷我们的池塘！"

我们走到翡翠池的岸边。的确，他是一只个大肥胖的绿色牛蛙，正坐在水边。他看上去非常傲慢和自负，属于那种需要好好教训的牛蛙。

我命令我们的队伍停下，给了卓沃尔一个信号，让他在我说话的时候保持安静。我又走近了几步，给了牛蛙一个友好的微笑。

"早上好，牛蛙。今天天气不错，哈？听着，小孩，我想请你帮个小忙。我想知道，如果我让你离开我们的池塘，永远别再回来，你是否很介意呢？"没有回应。我的意思是，那只牛蛙甚至连看都没有看我一眼。他静静地坐在那儿。"聪明的家伙，哈？好吧，伙计，我们已经讲过道理了。现在我们要采取一些严厉的措施了。卓沃尔，抓住他！"

卓沃尔盯着我。"我？那儿有泥怎么办？"

"泥只不过滑一些。那又能怎样？跳过去，咬他！"

"噢，你知道，这条老腿又开始疼了。我不知道——"

"卓沃尔，这可是你获得格斗分的好机会，会在你的档案里留下光辉的一页。"

"是的，但是……如果他真的是一位英俊的王子怎么办？"

我简直无法相信自己的耳朵。"一位英俊的王子！卓沃尔，看着他。他是一位英俊的王子吗？"

"噢……"

"不是。他就是一只牛蛙，他甚至比你还丑。"

"是的，但是他们能变——我听到过很多这样的故事——如果他就是一位英俊的王子……他们有剑，还有刀……噢，我的腿！疼死我了！"

他开始瘸着腿转圈儿，然后——你根本无法相信——然后他躺在地上，向空中蹬着腿。我摇了摇头，叹了口气。

"卓沃尔，我对你的行为感到非常失望。"

"我知道，我是一个失败者，但是这条老腿——"

"太丢人了，简直无法用文字来形容。好吧，我来干你的脏活儿。但是我必须警告你，这些将写进我的报告里。"

"噢，不，你不能这样！"

"必须的，卓沃尔，每一个细节都会写的。对不起，但是全世界都必须知道你不是个一般的胆小鬼。你是个连牛蛙都害怕的胆小鬼。"

"噢，我有负罪感。噢，我的腿！"

"现在仔细看着，我来教你怎样打败肥胖的、傲慢的牛蛙。"我把我庞大的身躯向左旋转了四十三度，开始输入攻击目标的数据。在我大脑里的电脑屏幕后面，我能听见数据的运算声。然后秘密的攻击目标信息闪现在了屏幕上。

我敢泄露我们的攻击目标的密码吗？这些信息非常复杂，而且属于高级机密。我觉得就是向你透露一些也没有多大的关系，但是你可不能到处去散布。闪现在我大脑屏幕里的信息是：

"跳跃。"

就是这样！数据控制中心分析了所有的数据，我们用电脑来制订我们的作战计划。现在是该发起攻击的时候了。

我进入了蹲伏状态，向上向前跳跃，正好把自己发射到……

啪！

……绿色的烂泥，几秒钟前，那只所谓的牛蛙还在那儿。你明白这其中的意思吗？牛蛙欺骗了我！也许是他侵入了我们的数据系统，篡改了我们的攻击密码……

他跳到了水里，这个可恶的家伙。

好啊，这是在使诈！我从绿色的烂泥里拔出鼻子，面向我的助手。"没关系，卓沃尔，我们进入第二阶段！从地上站起来，准备进行超声波狂吠！"

"你的鼻子上有一个泥球。"

"那只是你的看法，卓沃尔，我对你的看法不感兴趣。现在关键的问题……重要的措施……现在重要的问题是我们要把池塘包围起来，然后释放出摧毁性的超声波阻拦狂吠，把那只愚蠢的牛蛙从水里轰出来。准备好了吗？狂吠！"

伙计，你真应该看看我们的举动，一定会给你留下深刻的印象。也许那只牛蛙认为他在池塘的中间是安全的，但是他从来没有见识过治安部门精锐部队的实力。真是只傻牛蛙。

卓沃尔在池塘的南岸建立了射击阵地，我在池塘的北岸建立了阵地。我们面对着面，中间隔着绿色的水。我们装填了弹药，开始发起一波又一波震耳欲聋的超声波狂吠。

几分钟过去后，附近的树叶和小鸟被震落了下来，一棵大木棉树甚至被

震成了两半。这是真的，没骗你。在池塘的中央，那只可怜的牛蛙……噢，只是到处游动着，并没有真的……

"好了，卓沃尔！"我在战斗的怒吼声中高声喊道。"我们已经对他实施了第二阶段，现在我们准备转入第三阶段。我们绕着池塘走，每走十步发出一次狂吠。准备好了吗？够他受的！"

第三阶段的程序甚至比第二阶段更可怕。我的意思是，这将是雷电交加，狂轰滥炸，同时伴有地震和龙卷风！你相信我们的狂吠甚至能产生强大的潮汐吗？噢，也许不行。但那确实是非常可怕的狂吠。在仅仅两个小时以后……

我们，啊，重新会合在池塘的南岸。我们的眼睛呆滞了，我们的舌头从筋疲力尽的嘴巴上掉了出来，我们的腿被狂吠的反冲力耗尽了力气而开始发抖。

卓沃尔第一个说话了。"他还在那儿。"

对他的话，我费力地回答说："他还在那儿，卓沃尔，但是我们已经达到目的了。"

"什么目的？我已经忘了。"

我深吸了几口气，给自己精疲力竭的肺里补充新鲜的二氧化碳抗体。"目的是我们不允许牛蛙待在我们的池塘里。但我们没有想到的是，这只牛蛙太笨了，不理解我们的意思。我认为我们已经取得了道义上的巨大胜利，而且我们还有更重要的工作去做。"

就这样，我们对那只笨蛋牛蛙吐着舌头，竖起嘲弄的耳朵，胜利地离开了，留下了那只被粉碎了的、被打败了的、完全被屈服了的牛蛙。

被羞辱的，我们应该说是被羞辱了的牛蛙。

这时，你可能会好奇我是不是已经把那个长鼻子路怪给忘了。绝对没有。你看，那是一个紧张忙碌的早晨，我们有很多事情要做。我的意思是，我们是非常忙碌的狗。

我也许应该指出来，大多数普通的牧场杂种狗才不会去关心牛蛙和池塘。他们会觉得那是浪费时间。但是我不这样认为，伙计。在牧场的治安工作中，我认为没有可以忽略的小事。

没有什么工作可以大到不被忽略。

没有什么工作可以小到不被……呸。

我们说到哪儿了？噢，对了。我们花费了早上的前几个小时镇压了牛蛙的叛乱。我们粉碎了牛蛙联合阵线偷池塘并想把它搬到爪哇岛上去的阴谋，他们曾在那儿密谋着……对我们珍贵的池塘采取某些行动。

但是我们及时地制止了他们，跟你猜的一样，接连几个小时的战斗已经使我们筋疲力尽。是的，我们虽然筋疲力尽了，但是很自豪，为我们团队在激烈战斗中的表现感到非常自豪。祝贺自己出色地完成了任务后，我们离开了硝烟弥漫的战场废墟，向我们位于十二楼的治安部综合办公室走去。

在那儿，我们滚落到麻袋床上，准备放纵自己睡上急需的几个小时——睡觉可以治愈我们的伤口，能使我们准备好去对付下一个生活前线中充满危险的夜晚。我们一点儿也不知道，或者是没有料到，我们休息恢复的时间会被叫停了……我们应该说是，被缩短了，或者是我们很快就会被从床上摇晃下来……

你确定已经准备好了，要听吓人的部分了吗？我的意思是，一旦故事开始，你就不能中途放弃了。是真的。

　　还是你自己来决定吧。

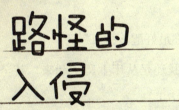

第三章

路怪的
入侵

好了，在办公室里，我们四肢张开睡在各自的麻袋床上。我刚刚闭上疲倦的眼睛，开始……呼噜……呼噜……

"汉克，你听见了吗？"

有人叫我的名字吗？没有。只不过是爱说废话的人反复在寂寞中说着废话……

"汉克？我听见有声音。也许你最好醒一醒。"

与寂静中的可怕重力搏斗着，我还是从床上爬了起来，甚至还设法睁开了左眼皮。突然，我看见我的面前……

一条狗？或者是一只牛蛙披着狗的外衣？或者是一头肥猪披着牛蛙的外衣，伪装成一条狗？真让人糊涂。

"你是谁？我在这儿干什么呢？"

"噢，我是卓沃尔。还记得我吗？"

"不。我以前从来没有见过你，所以别想装……"我睁开了第二只眼睛的眼皮，突然一个动物出现在我的瞳孔里。那是一条狗……我们应该说那是一条狗的脸，他的影像开始清楚了。"等等，先停一下，伙计。我以前见过你。"

"是的，就在五分钟之前。我想你是睡着了。"

"哈！不可能。"我挣扎着站了起来，想走几步，但是好像有人偷走了我的腿，给我换上了四条假冒的橡皮做的……橡皮腿……

我用严厉的目光盯着这个陌生人。"我的腿到哪儿去了？"

"噢……我认为它们在你的身上。"

"不，我指的是真腿。这是橡皮做的假冒的替代品。"

"你指的是泡沫橡皮？"

"啊！这么说你知道？好吧，伙计，这是谁干的，我的腿到哪儿去了？"我眯起眼睛，研究着这个陌生人的脸部轮廓。"等等，先停一下。卓沃尔？是你吗？"

"是的。嗨。"

"谢天谢地，我总算找着你了。他们偷了我的腿！如果我们找不回来……"我突然恍然大悟，开始意识到……啊……我刚才说的有点儿不合逻辑。我的意思是，我刚才听见我自己在责怪有人……噢，也可以说是，偷了我的腿，但是我现在看见四条腿……啊……还长在我的身上。

我深深地吸了一口气，眨了眨眼睛。在我的面前坐着卓沃尔，身为牧场治安长官的我的助手。"卓沃尔，这件事持续了多长时间？不要隐瞒。我必须知道真相。"

"噢，我猜你睡了五分钟。"

"好像更长。几个星期，几个月。我们没有去翻越什么山吧？"

"反正我没有。我认为不可能。"

"嗯。那么我被偷的腿呢？你有没有写过一个报告是关于……你为什么要这样盯着我？你看上去很古怪。如果你非要傻傻地盯着什么，那就请你到别处去。"我走开了几步。"好了，卓沃尔，这个谜团已经解开了。"

"噢，那太好了，因为我开始怀疑——"

"仔细听着。第一，没有人偷我的腿，那是一个虚假的报告。第二，那个什么山也并不存在。还有第三，你必须发誓永远不能跟治安部以外的人讨论这次谈话。你知道是为什么吗？"

"噢，让我想想。"

"因为，卓沃尔，"我压低声音，"他们可能会误解我们的意思。如果他们断章取义了，他们就会认为……"

"……我们是一对傻狗？"

"是的，对。完全正确。我们必须防止这样的事情发生，卓沃尔，因为没有比这更……"突然我的耳朵接收到远处的一个声音。我打开所有的电路，竖起耳朵，向右转。"卓沃尔，我不是想吓唬你，但是我接收到一个奇怪的声音，来自我们的北边的什么地方。"

"是的，我听到了同样的声音，这就是我叫醒你的原因。是一种吼叫的声音，对吗？"

我调整着电子扫描系统，监听着这个声音。"是的，是吼叫声，一种非同寻常的吼叫声。"

"是的，是吼叫的声音。"

"完全正确。是的。"我叹了口气。"好吧，士兵，看来我们又要开始工作了。你准备好了吗？"

"噢，我有点儿累了。"他站起来，瘸着腿走了一圈，"伙计，这条老腿真的又开始疼了。"

"别管你的腿了，卓沃尔。在这个牧场，所有的吼叫声都必须去查清楚。准备出动所有的狗！"

卓沃尔哀求着，呻吟着，但是没有用，因为职责在召唤。几秒钟之后，我们把自己发射到清晨的微风中，腾空而起。我们确定好了路线，经过院子的东南角，然后往北奔向乡村公路。树、房子和其他的物体模糊地向后飞去。

我们飞跑过了院门，经过了雪松防风林，然后往北一直向邮筒和乡村公路冲去。这时我的仪器开始接收到……

啊噢。你看，我们已经接近吓人的部分了，我们看到的也许是我曾经见过的最吓人的东西。我还敢讲下去吗？我试试吧。

好吧，坚持住。有一个……一个东西，一个丑陋的、恐怖的动物顺着公路向我们走了过来。我首先注意到的是体型：庞大。我的意思是，比小货车还要大，几乎和一座房子一样大。是黄色的，看上去……

我知道这件事听起来非常奇怪，但是你必须相信我。我的意思是，我就站在那儿，是我亲眼看见的。

它看上去长着……噢，一张巨大的黄脸，用六个轮胎沿着公路走了过来。它有两个大大的玻璃眼睛和一个鼻子……一个猪鼻子……一个长长的猪鼻子伸到了前面，猪鼻子的末端安在了……轮胎上！

听着很荒谬吧？我理解。它本身看着就很荒谬。我从来没有见过这样的东西……我的意思是，那个猪鼻子太长了，不得不用前轮胎把它支起来！在长鼻子的下面，我看见一张咧着笑的大嘴，显然是用闪闪发光的……钢铁做成的。是真的。

噢，那个家伙从某个通气管里，或者是消音管里喷着黑烟。他在吼叫着，声音很大。

伙计，我只是瞥了长鼻子路怪一眼，就永远也无法忘记他的形象了。这

个家伙直接向我们走来，除非我们采取一些规避动作……

"冲到沟里去，卓沃尔！"

我们所有的飞行计划，航向修正，计算，编队……也可以说是，通通都得作废。我们刚刚匆忙冲下公路，滚到沟里，恐怖的家伙就呼啸着冲了过去，留下我们在那儿……还是承认了吧……留下我们在那儿惊恐地吸着冷气，吸着灰尘，还有柴油的浓烟。

那是一个非常重要的线索：柴油的浓烟。这个骇人听闻的怪物是用柴油驱动的！你明白这其中的意思吗？这就意味着这个怪物，这个可怕的怪物是某种……噢，是某种机器人，可能来自外太空！被派到这个牧场……我们不知道是什么阴暗的目的使他来到了我们的牧场。

我发现自己四脚朝天躺在一丛野草上。仪器的快速扫描显示，我们的系统虽然经过了翻滚，但是并没有重大的损失。这让我大大地松了一口气，同时也大为吃惊。我的意思是，我们差点儿被吃了，被生吞了……

"卓沃尔，你在哪儿？打开你的紧急信号灯。"

"不了，谢谢，我太害怕了，不想吃。"

我挣扎着站了起来，循着他的声音，发现他躺在一丛豚草上。"啊，你在这儿呢。谢天谢地。你伤得厉害吗？"

"噢……"

"太好了。有那么一会儿，我还害怕我们已经失去你了呢。"

"不，我始终和我在一起。"

"干得不错，伙计。刚才太悬了。"我向路上望去，看见那个怪物向牧场总部走去。"你觉得怎么样，士兵，还能走吗？"

"噢……"

"太棒了。我们得赶快行动。我们必须提醒房子里的人，长鼻子路怪来了。"

"糟糕，我还以为那是筑路机呢。"

"筑路机？哈。那我们可就太幸运了。不，筑路儿，我们刚才看见的不是筑路机。"

"卓沃尔。我的名字是卓沃尔。"

我瞪着这个矮子。"你为什么要告诉我你的名字？我知道你的名字。"

"是的，但是你刚才叫我……我认为你刚才叫我'筑路儿'。"

"我没有叫你'筑路儿'。我说……别在意，筑路机，我们还有工作要做。我们赶紧行动！"

"我的名字是卓沃尔。"

尽管我们已经被砸碎了，负伤了，但我们还是沿着公路去查看清楚那个家伙。

第四章

可怕的血腥
战斗

我注意到卓沃尔瘸得很厉害。"你的腿怎么样，伙计？"

"太可怕了。快要疼死我了，而且你叫我……筑路机，这很伤害我的感情。"

"我没有叫你……好吧，也许我叫了。但那只不过是个小错误，是在巨大的压力下和紧张的时候所犯的小错误。毕竟我们刚刚受到了巨大怪物的攻击。"

"是的，但我还是认为那是个筑路机。"

"卓沃尔，求你了。那不是筑路机。你知道是为什么吗？"他刚要张嘴回答，但是我已经开始了我的说教，而且我也知道他没有什么重要的事情要说。"第一，县里的工作人员只修县里的公路。第二，这段公路是通往牧场总部的私人公路，不属于县里的公路。"

"是的，但是——"

"第三，每一个筑路机上面都有一个驾驶员，卓沃尔，但是长鼻子怪物上面没有驾驶员。你看见上面的驾驶员了吗？"

"是的，事实上——"

"对吧？没有驾驶员，就不是筑路机。还有第四，如果那真的是一台筑路机，你认为牧场治安长官不会马上注意到吗？"

"噢——"

"卓沃尔，你在为一个没有希望获胜的案子辩论。我已经向你提出了四个有力的理由来说明你为什么错了，你却提不出任何证据，来作出反面的论证。"

"是的，因为你在不断地插话。"

我停在了半路上，用……噢，受伤的、惊奇的目光盯着他。"插话？这就是我想提高你的智力，防止你自己出丑所得到的感谢？卓沃尔，我没法告诉你，你的话对我造成了多深的伤害。"

"是的，但是我知道那就是筑路机，因为我看见了驾驶室里的驾驶员，旁边还写着'约翰·迪勒'。"

"请不要对我大喊大叫的。"

"好吧，你从来就不听。"

我厌倦地叹了口气，摇了摇头。这对治安部门来说是一个悲哀的时刻。我们还有重要的工作要做，但是现在看来只能等到我给卓沃尔上完今天的课了。

我在他的面前来回地走动。"卓沃尔，我们曾经讨论过间谍和怪物，是吗？他们的聪明远远超出我们的想象。当他们入侵我们牧场的时候，你以为他们会跳着华尔兹，打扮成间谍或者怪物的样子吗？不。他们总是装扮成别的什么东西。"

"你的意思是……"

"是的，卓沃尔。那台老筑路机是伪装的——涂了一层黄漆和一个假冒的约翰·迪勒标志。这些怪物一点儿也不傻。你以为他们来到这儿会看上去像怪物吗？哈。我可比你更了解这些家伙。"

他扑通一声倒在地上，开始挠自己的耳朵。"你的意思是……"

"到目前为止，我们还不知道他究竟是谁，卓沃尔，或者是谁派他到我们牧场来的。但是他看上去非常可疑，不是吗？我希望你不要当着别人的面挠耳朵。如果别人看见了，别人会认为我们整天都游手好闲的。"

"伙计，我这样可能不对。我们现在干什么？"

我眯起眼睛，研究着牧场总部的布局。"我们进去，伙计。打开枪机，装填弹药。我们可能要卷入一场残酷的战斗。"

"噢，我的腿！"

就这样，我们组成了攻击队形，开始悄悄地沿着公路向牧场总部走去。我们这次行动的目的是……噢，实际上我们有两个目的。

第一个目的是提醒我们房子里的朋友，一个危险的、可能是致命的太空机器人怪物跑到了我们的地盘……应该说是，侵入了我们的领土。第二个目的是——如果我们幸运，能够在完成了第一个目的后还活着——我们将会与敌人进行面对面的肉搏。换句话说，把所有的怪物从牧场赶走是我们的职责。

是的，这是一个大胆的计划，一个危险的计划。我知道我们能从这次任务中活下来的机会不大，但是……噢，当我被雇用为牧场治安长官的时候，我就知道这份工作不是让我成天在床上睡大觉的。

也不是轻而易举就能令主人满意的。

我知道这个世界上没有用鲜花铺成的床。

我知道我们的床上充满了……

等等！先停一下！"永久弹簧床。"还记得吗？这会不会是某种线索，能解开这个案子的谜底呢？

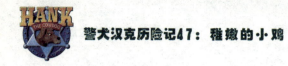

不会。这不是什么线索。还是忘了它吧。

这肯定是一次非常危险的任务，这才是问题的关键，跟床或者玫瑰花没有任何关系。我知道其中的高风险，我们可能再也不能……噢，活着回来，最好还是算了吧。

但这是我们牛仔犬应该做的。我们能活多长就活多长，只要活着，我们就要为牧场去战斗。

我感到紧张吗？害怕吗？一点儿也不……好吧，也许我稍微有点儿紧张，也许甚至还感到害怕。谁又会不感到害怕呢？你看见那个恐怖的怪物了，是吧？他不仅庞大，装扮成了筑路机的样子，而且还穿上了钢铁盔甲的外衣。我们的冲击力能穿透钢铁盔甲吗？我们的犬牙导弹能废了他巨大的轮胎吗？

在我努力准备着进入战斗的时候，这些问题装满了我的大脑。不幸的是，我们没有答案，没有答案的问题就像是……什么东西。

总之，我们蹑手蹑脚地向前走，用前脚掌，不发出任何声音。离房子三十英尺时，我命令队伍停了下来。跟往常一样，卓沃尔撞到了我的身上，因为他没有注意。他每次都是这样。

我侦察着前面的地球……我们应该说是，地形，地球太大了，我们没法侦察，再说跟我们目前的局势也没有关系……还是别管地球了。我侦察着地形，突然意识到路怪没有去房子，你也许已经想到了，他去了器械棚。

你明白这其中的意思吗？反正我不明白。我发现自己被搞糊涂了。我的意思是，为什么一个怪物……这一次，我们仍然不知道是为什么，但是我们很快会搞清楚的。因为我们实行了无线电静默，所以我给卓沃尔打了个手势，告诉他我们现在向器械棚移动。他……

你简直无法相信。我猜这个小笨蛋以为我在……噢，跟他打招呼，或者什么别的，所以他咧嘴笑着，也朝我挥了挥手。

我压低声音。"你在干什么？"

"噢，我以为……你在跟我打招呼呢。"

"不，不是的。我是在跟你打秘密的手语。"

"我真该死。那是什么意思？"

"卓沃尔，如果我必须告诉你是什么意思，我就没有必要跟你打手语了。我再把手语给你快速地打一遍，请你专心点儿。"

我又把手语给他打了一遍。他转动着眼珠儿，表现出专心致志的样子。"噢，让我想想。你是说……现在是好好睡觉的时间？"

我叹了口气，我的眼皮垂了下来。我突然觉得自己好像被什么大山给压住了。"卓沃尔，还是忘了手语吧。我们把队伍移动到器械棚去。准备好战斗。"

"你知道，汉克，这条老腿——"

"行动，士兵。不要把力气留给明天。"

"救命！"

就这样，我们冲下了山坡。我当然冲在了前面，希望卓沃尔能跟上我，警戒我们的后面和侧翼。（你很快就会发现，他并没有这样做。）我冲到了现场，发出了摧毁性的阻拦狂吠，在我们不清楚对方是谁的情况下，我们才使用这种战术。

这是一个典型的战场情景——天空充满了硝烟和尘土，炸弹在我们的身边爆炸，震耳欲聋的枪声，士兵和敌人的特工大喊着四处乱跑，迫击炮的炮弹从头顶呼啸飞过……伙计，这是一个什么样的情景啊！

透过硝烟和尘土，在我们的头顶，我看见了笨重的路怪。他正站在……或者是坐在，很难说清楚他到底是站在，还是坐在器械棚的前面，准备……我们不知道他是在干什么。也许他有一个疯狂的想法，想冲进器械棚偷走所有的狗粮，或者也许是计划着……噢，吃掉所有的工具或者什么东西。

透过战斗的喧嚣声，我大声喊道："好了，卓沃尔，他在那儿呢！攻击轮胎！让我们看看我们是否能——"

"你知道，汉克，这家伙比我想象的还大，而且——"

嗖！你根本不会相信。我听见一阵风声，看见一道白光，瞥见我的助手跑进了器械棚。

"卓沃尔，滚出来，坚守你的阵地，这是命令！"

但是已经太晚了，这个小东西把我一个人留在了战场上，现在我不得不……唉……面对这个恐怖的路怪，没有帮手，没有后援，没有……

啊？

三个人？站在器械棚的门前？咧嘴笑着？这些家伙是谁，他们是从哪里……

我猛地踩住了刹车，关闭了所有的电路，透过硝烟和尘土，我看见……

好吧，我们可以取消三级警报了。放松一会儿，我们……你可能会以为我们投入了与庞大路怪的激烈战斗，是吧？哈哈。有那么一两秒钟，我自己也是这么想的。我的意思是，在激烈的战斗中，我们有时候会错误地判断了……当一个庞大的家伙直接向我们冲来的时候，他看上去非常像一个巨大的残暴的……

当我告诉你那只不过是一台……哈哈……普通的筑路机的时候，你一定会大吃一惊的，真的。那不过是一台普通的黄色约翰·迪勒牌的筑路机，是属于县里的，所以……啊……不是什么大事。

那三个陌生人呢？哈哈。也没有什么问题。我马上就认出了斯利姆和鲁普尔，我们牧场的两个牛仔，第三个家伙……噢，我们有理由猜想他可能是……

太令人尴尬了。咱们还是跳过这一段。关于这件事我拒绝再透露任何消息。

噢，原来是这么回事，我想就是承认了……他是那个驾驶员也没什么大不了的。你看，他就是个操作员，县里的工作人员，专门开机器，开筑路机的。

你明白吗？每一台筑路机都有一名司机，而他的名字叫莫里斯。他经常修理我们的公路。我的意思是，我立刻就认出了他：瘦高个，穿着蓝色的工装裤，戴着一顶旧牛仔毡帽，一直拽到了耳朵上。在乡村公路上我对他狂吠过几次，知道他是个非常好的家伙，是个退休的牛仔，实际上，所以……

哈哈。所以这儿没发生什么大事，只不过是朋友和邻居间的聚会，他们好像都在笑我……突然，我感到自己成了……也可以说是，每个人注意的中心。是的，我觉得自己被暴露在大庭广众之下，有点儿尴尬。

他们正盯着我，咧着嘴笑。

莫里斯："你曾经好奇过狗的脑子里是怎么想的吗？"

斯利姆："我过去好奇过，但是后来我明白了汉克根本没脑子。你看，有一天他们在谈论大脑，汉克以为他们说的是豆腐脑，还觉得奇怪他并没有点过。"

噢！你看，他们在说什么呢？全是造谣。在这儿，只要你犯一点儿小小的错误，他们就……唉。

我还有更重要的事情要做，没工夫站在这儿听他们闲扯了，所以我像普通的美国狗应该做的那样，把头举到一个高傲的角度，走到后面的轮胎给它喷射了液体秘密编码。这样，如果它还想玩什么花招……

莫里斯："冲洗轮胎，你们收费吗？"

斯利姆："第一个轮胎免费。然后，我们每个收一美元五十美分。"

他们对此哈哈大笑起来。我自己没有看出来这里面有什么幽默。我的意思是，一个人把他的全部生命都献给了牧场的保卫和管理工作，但还是无法满足这个世界上的小心眼们。

好吧，我不需要他们的满意。有时候，我们狗必须藐视这里的人类所说的任何事情，在我们的内心深处知道……

鲁普尔："伙计们，我也不愿意打断大家的玩笑，但是我们还有工作要干。你需要什么型号的螺栓，莫里斯？"

噢，你知道吗？就在这个时候，一个小小的奇迹发生了。他们停止了闲聊和陈腐的玩笑，走进器械棚去做有建设意义的事情，给莫里斯的筑路机找一个四分之三英寸的螺栓。

你看，这就是莫里斯来到牧场总部的原因——他筑路机刀刃上的一个螺栓断了，他停下来看看我们这儿有没有。我一直都是这么认为的，是真的。我的意思是，当我们第一眼看见筑路机沿着公路过来的时候，我就说："卓沃尔，这个筑路机连接刀刃和架子的螺栓断了。"

我没有说过吗？也许我没有像这样大声说，但是我注意到了断的螺栓，是真的，我在心里记下了……

当这些闲逛者和爱开玩笑的人收拾完了这个地方，他们便懒散地走进了器械棚里。当他们开始把十五个咖啡罐里的东西倒在工作台上的时候，突然

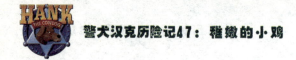

空气里充满了叮铃、咣当的声音。

为什么是咖啡罐呢？因为鲁普尔和斯利姆把牧场所有的螺母、螺钉、垫圈、扣件和开口销都储存在了咖啡罐里。他们把十五个咖啡罐一溜摆在了工作台上，每一个罐子里都装满了螺栓之类的东西。

这就是他们的配件管理"系统"。他们把所有的螺栓或者螺丝扔进任何一个罐子里，所以当他们需要一个螺栓的时候，他们每次都不得不找遍所有的罐子。这被称为牛仔的管理方法不过是粗心管理的另一个名字而已。

现在，如果他们征询我的意见……咱们还是不说了。因为说了也没有任何用处，只不过是揭过去的伤疤。我的意思是，我算老几？只不过是一条冲着筑路机狂吠的傻狗，但是我必须说的是，在历史上还没有哪条狗曾经弄出过这样的乱子……噢，还是算了。

我们说到哪儿了？噢，对了，器械棚里的叮铃咣当声。闲逛者和嘲笑者们最终把我一个人留在了器械棚的门前，我正在进行给轮胎打标记的程序，这时我突然听见我的头顶上有一个声音。一开始我以为是说话的声音，但是然后……

噢，是一个说话的声音，那个声音说："喂，下面的，你在干什么呢？"

我的目光把器械棚的门前打量了一遍，什么也没有看见。然后我想起了一个重要的线索：声音好像是从上面传来的。还记得吗？所以我抬起头，向驾驶室看去……噢，在这台愚蠢得差点儿压死了治安部全体人员的筑路机里，在那儿，我看见……

一条狗。

是真的，确实是一条狗，但是一条狗在县里的筑路机驾驶室里干什么呢？在那时，我们对这个至关重要的问题还没有答案，但是我立刻对这条杂种狗进行了扫描，把信息直接传送到了数据控制中心。

你想看一下吗？我猜不会有什么妨碍的。

对牧场里不明身份狗的描述

案件编号#49596-B12-H2O

颜色：红褐色，左眼有黑眼圈。

毛发质感：短。

尾巴：长，像根棍子。

品种：混血，海因茨57；这个家伙是个杂种。

眼睛：褐色，呆滞。

智商：很低，根据他的面部表情判断。

到牧场来的原因：届时不详，但我们会查清楚。

完毕

印象很深，哈？的确是这样。你会注意到治安部从来不把信息储存在咖啡罐里。

总之，我们的牧场里来了一条身份不明的杂种狗，我立即开始了工作。首先，我竖起了脖子后面的毛，进入了我们称之为"你不属于这儿"的狂吠程序。这个常规动作的背后含义是给这个家伙一顿凶猛的狂吠，使他因为恐惧或者畏缩而逃走。你看，我们发现当我们一开始就对他们凶狠的时候，他们就不敢还嘴，还手，或者对我们狂吠。

（说起来很绕口，是吗？连着念三遍，快点儿念：还嘴，还手，或者对

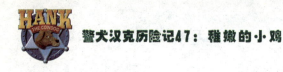

我们狂吠。很难念。)

我狂吠着，狂吠着，我们说的是那种能使他逃跑并藏起来的凶狠的狂吠。我的意思是，这是一次很成功的表演。但不知道是什么原因，这个杂种却坐在那儿……噢，朝我咧嘴笑着。当我停下来给我的油箱里再加满空气的时候，他用音调很高、尖尖的声音说："嘿，下面的，你在冲谁叫呢？"

我深深地吸了口气。"我在冲你叫呢，伙计。你以为冲谁？"

"噢，我感到很奇怪。我在这儿没有看见别的人。但是你为什么要冲我叫呢？"

"我冲你叫是因为你到了我的牧场。你的行为被称作'侵入'，我们对侵入者非常严厉。"

"噢，我现在明白了。我还以为你发疯了呢，因为我的筑路机比你的筑路机好。"

我用锋利的目光瞪着他。"你的筑路机比我的好？你刚才是这么说的吗？"

他咧着嘴，点了点头。"是的，你看，很多狗都会嫉妒，因为我能坐在筑路机上，而他们却不能，所以他们就发疯、狂吠。"

我转动着眼珠儿，向一边看去。这是个多么愚蠢的家伙？你想象一下他竟然认为我会嫉妒他……

"根据我的了解，伙计，你的筑路机并不比我的好。"

他的耳朵跳了起来。"你也有一台吗？"

"当然了。嘿，我是牧场治安长官。"

"噢，你的筑路机是什么样子的？"

"噢……啊……好样子的，要花很多钱。事实上，我有三台。"

他的眼睛瞪大了。"你有三台筑路机？"

"实际上是四台。上个星期，我们又买了一台新的。"

"啊！它们在哪儿呢？"

"它们，啊，停在棚子里。"

"这个棚子？"

"不，它们停在，啊，筑路机的棚子里。你看，我们所有的筑路机都有专门的棚子。"

"噢，我能看看它们吗？"

"恐怕不行。那是个保护区，不对公众开放。很抱歉。"

他惊讶地摇了摇头。"噢。我从来没有遇到过一条有四台筑路机的狗。"

"好了，你现在遇到了。我想今天是你的幸运日。但问题的关键是你的筑路机并不比我的好，所以我们还是谈点儿别的吧。你还会干什么？"

他现在看上去不那么高傲了。"噢，天哪，让我想想。我保护小鸡。"

"小鸡？你保护小鸡？你是这么说的吗？"

他咧着嘴笑了。"是的，而且，我十分擅长干这个。你怎么样？"

"很好，谢谢。"

"不，我的意思是，你会保护小鸡吗？你看，莫里斯的妻子……她的名字叫贝蒂……贝蒂养小鸡，然后再卖了他们，我必须保护他们。这是我的工作。"

我转着眼珠儿，走开了几步。"你说你的名字叫什么？"

"噢……我没有说过。我叫迪克西。"

"好吧，迪克西，让我来给你说明白几件事情。第一，我是牛仔犬。第二，我是牧场治安长官。"

"噢。真的？"

"我还没说完呢。第三，最顶级的蓝带牛仔犬从来不会把时间浪费在保护一群流鼻涕的小鸡身上。"

迪克西抬起头，把头歪向了一边。"是呀，但是我们的小鸡不流鼻涕。他们会吱吱地叫。"

"好啊，如果他们会唱歌，也许你可以提高价格。"

他眨了眨眼睛，皱起了眉头。"不，我说的是他们会吱吱地叫。不是唱歌。他们是那样说话的。"

"噢，是的，当然了。我，啊，以为……你们的母鸡会吱吱地叫呢？"

"不，母鸡是咯咯地叫。小鸡才吱吱地叫。他们是很小的鸡，你看，他们不会咯咯地叫，所以他们才吱吱地叫。他们的妈咪才咯咯地叫。你不太了解母鸡，是吗？"

我走到驾驶室的跟前，用严厉的眼神瞪了他一眼。"你不知道，伙计，我们牧场也有母鸡，我知道有关母鸡的所有的事情。"

迪克西的眼睛向四周看了看，然后对我露出了狡猾的笑容。"你曾经吃过鸡吗？"

突然我的舌头伸了出来，我发现自己……啊……正在舔着下巴。"我感到震惊，你竟然……吧嗒……说出这样的事情。没有，绝对……吧嗒……没有。"

"嘿。我吃过，就一次。是我吃过的最好的东西。味道就像小鸡，但是那次给我惹了天大的麻烦。"他眯着眼睛。"你怎么流口水了？"

"我？我没有……"我发现有必要从他的身边走开了。"根据我的观察，我没有流口水，我们能换一个话题吗？"

"好吧，当然了，但是我认为你流口水了，或者是别的什么东西。"

"没有。你没有证据，你没法证明。而且，我太气愤了，我准备结束我们的谈话。我从来没有这么气愤过。再见！"

就这样，我转身向右离开了驾驶室。这个主意太棒了！他来到我的牧场，还居然对牧场治安长官撒谎！就凭这，就应该让他一个人无聊地待在他的小破筑路机里。

怀着愤恨和正义的怒火，我咆哮着走开了，正好遇见小阿尔弗雷德从房子里出来，向山坡走去。

第六章

皮特从挨饿
的儿童那里
偷食物

阿尔弗雷德穿着平时穿的小男孩服装——条纹背带裤、T恤衫、黑色的小靴子和一顶牛仔草帽。在他的右手里……左手里……这并不重要……他的手里，也许是右手，或者是左手，拿着……

我的天哪，那是什么？我立刻闻到了香气……闻，闻……非常类似于……早餐香肠。

早餐香肠！哇。

我们讨论过早餐香肠吗？也许还没有。我们说的是那种连成串的。他们叫这些香肠什么来着？小猪，或者是类似的东西。这些并不重要。重要的是每当小猪香肠暴露在我面前时，我，啊，都有一种强烈的反应……吧嗒……吧嗒……

突然出现在空气中的小猪香肠的香味使我的耳朵竖了起来，我的眼睛睁大了，我的前腿不停地挪动着，我的尾巴疯狂地摇摆着，还有我的嘴巴……噢，口水像决了堤的河水。

我们能不能先暂停，让我坦白一下？让我们赶快把这段说完。

我对小猪香肠感到疯狂！我爱它们！我喜欢吃小猪香肠胜过世界上其他的任何东西！

瞧，我说出来了。都公开了，我的坦白能帮助我平息，啊，我们可以说是，接下来的情绪，你看……

事情发生得非常突然，我一点儿也没有预料到。这不是我计划好的，是它自己……

你看，阿尔弗雷德手里拿着美食……实际上，不是用手而是用拇指和食指……他把它高高地举在空中，你不知道，他在空中挥舞着，也许他没有注意到我的头在前后摆动着，准确地配合着他的动作。

我的嘴巴继续流着口水，我的耳朵跳了起来，我的前爪上下不停地动着，而我的尾巴以疯狂的模式在空中抽打着……吧嗒……动作太用力了，使我几乎没法保持平衡。

换句话说，由于小猪香肠，摇摆模式在我体内产生了巨大的骚动……

我已经说过了，我没有打算做任何事情，绝对没有。我只是站在那儿，在考虑自己的食物……我认为应该是事务……正在考虑我自己的事务，阿尔弗雷德举着香肠，然后就……

噢，他立刻把头转到了一边。难道这是我的错吗？不，这跟我没有任何关系。我认为他是回头去看猫，但问题是，问题的关键是，有那么一秒钟，他看着别处……

……美味的香肠就在那儿，没人注意，就在他的手指中！

你见过自由女神像，是吧？她站在一个大湖的中间，右手高高举起，手里紧握着一串小猪香肠。没开玩笑。你不知道吗？说实话，这是事实。

她高高举起香肠，是为了让全世界都能看见，并且她说："把你的疲劳、你的饥饿通通给我！"你明白这其中的意思吗？它的意思是……

先等等，这里面有着深厚的情感。

它的意思是，自由女神在召唤全世界所有饥饿的狗都到美国海岸去吃香

肠！这些饥饿的狗来自得克萨斯、加拿大的干旱地区、美索不达米亚、印第安部落、意大利，还有法国……所有的地方。

她在召唤他们……我们……来分享她的美味香肠。突然我意识到小阿尔弗雷德看上去就像自由女神……

不好！

……突然，就在我的眼前，啊，香肠……不见了。

阿尔弗雷德的眼睛四处寻找着，然后盯着刚才还拿着小猪香肠的拇指和食指。香肠刚才还在那儿呢。

他困惑的眼神到处打量着……噢，也可以说是，落到了我的身上。我给了他一个灿烂的早晨的微笑，好像在说："噢，嗨。天气不错，哈？"

他盯着自己的空手。"我的香肠到哪儿去了？"

香肠？他有……？噢，是的，当然了，是香肠。还记得小猪香肠吗？他一直拿在手里，显然是一阵风……突然来的风，你看，你是了解得克萨斯的风的。孩子，如果你不小心点儿，它就会把你手里的东西……

他皱着眉头，看着地上。好主意，如果是风从他的手里吹跑了香肠，香肠可能会掉在地上。我跳了起来，冲到了事故的现场。我把鼻子贴着地面，激活了我们的紧急定位程序。我们只在特殊的情况下才使用这个程序，当什么东西不见了的时候——你是知道的，例如丢了孩子、重要的物证、衣服等诸如此类的东西。

我打开了紧急定位程序，对他的脚的周围所有的区域进行气味探测。的确，如果孩子的香肠掉在了地上，我们一定要找到它，即使是要花费几天或者几星期的时间！

这些孩子需要营养丰富的早餐。

我找啊找，闻啊闻，但是找了、闻了几个小时，又几个小时以后……好吧，一两分钟以后，我什么也没有找到，甚至没有一点儿那个令人难以捉摸的香肠的踪迹。我的心几乎要碎了。可怜的孩子！我抬起头，向他作出了一个最最悲哀的表情。

"阿尔弗雷德，我怀着极为悲痛的心情告诉你，香肠失踪了，连一点儿踪迹都没有留下。我很抱歉。"

我的尾巴进入了慢速、关怀的摇摆模式，只是为了让他知道……噢，即使我的心已经碎了，我的尾巴还依然在工作。

听起来好像不对。我想通过尾巴的摇摆和面部的悲伤表情让他知道，我的心已经因此破碎了。

我研究着他的脸，想知道我的表演……啊……是否已经被接受。我屏住呼吸。

他把眼睛眯成了一条缝。"汉克，是你吃了我的香肠？"

谁？我？吃了他的……嘿，是谁冲到悲剧的现场，分担他的痛苦，为他寻找失踪的香肠？是我！但是他现在竟然怀疑我……

就在这时，小猫溜进了画面——咕噜着，到处蹭着，他脸上假装悲伤的笑容使我发疯。当然是皮特，谷仓猫皮特从来不待在谷仓里，因为他忙着在鸢尾花丛里虚度时光，或者偷吃剩饭。

我们讨论过皮特吗？我不喜欢他，从来没喜欢过，但是他正在阿尔弗雷德的脚踝上蹭着，笑着。突然他的眼睛瞪大了，他把鼻子举到空中。"我的天哪，汉克，我闻到了很香的气味。会是……香肠吗？"

我的眼睛向四处看了看。突然一个计划开始在我辽阔的大脑深处成形了。或者说，我不喜欢皮特的众多原因之一突然闪现在我的大脑里，那就是

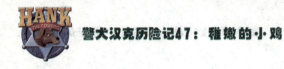

他就是那种会从饥饿的孩子手中偷走香肠的令人讨厌的家伙。

你看出这里的线索了吗？也许还没有，所以让我们来快速地回顾一下。

1．猫走了过来。

2．突然，没有任何理由地，猫说到了香肠。

3．孩子正在找丢失的香肠。

你现在明白了吧？突然所有的疑团开始清楚了。我把目光转向了我最亲密的朋友，小阿尔弗雷德，进入了紧急信息的尾巴摆动程序，这里面包括了慢速、转圈和反时针方向运动。然后在紧急信息程序进行的同时，我把鼻子直接指向了那只猫。

"阿尔弗雷德，我为你指控我的严重罪行而感到震惊，但是没关系。真正的罪犯刚刚过来了，我不用提他的名字，但是我认为那就是……皮特。"

阿尔弗雷德看着我的……噢……眼睛，但是然后……哈哈……他把目光转向了那只猫，那只卑鄙的、粗俗的、会骗人的小猫。他的脸上开始出现了不悦的表情。哈哈。

他说："皮特，是你吃了我的香肠？就是你吃了，你这只没规矩的猫，我再也不喜欢你了！"

说着，他用靴子瞄准小猫的屁股，哈哈，踢了他一脚，这是小猫干了所有的坏事后罪有应得的。

哈哈！嚎嚎！嗨嗨！

噢，正义万岁！噢，真相和荣誉万岁！我喜欢这个结果！小猫惊讶得还不知道是怎么回事。我的意思是，他还没有看清是怎么回事就被嗖地一脚踢飞了。在经过短暂的飞行后，他赶紧跑了。在逃跑的同时还狠狠地瞪了我一眼。

我在乎他狠狠的眼神吗？当然不在乎。小害虫在抢夺饥饿的孩子的早餐时被抓了个现行，他罪有应得。

在他溜进鸢尾花丛的时候，没忘对我说几句怨恨的话："非常可笑，汉基。我会记住的。"

"你最好记住，小猫。记住鬼鬼祟祟地抢无辜的孩子的东西会怎么样！我感到震惊，皮特，震惊得无法用语言来形容。"

我跟他说了上面的话，是吗？当然说了。

第七章

我为卓沃
尔的病开
药方

好吧，也许是我卑鄙地吃了香肠，然后又栽赃给了小猫。但是我必须指出，是小阿尔弗雷德不小心的举动引发了整个事件。如果他不想让他可怜的、饥饿的狗得到香肠，他就应该……我也不知道，把香肠装到口袋里或者别的什么地方。

再说了，如果一只猫偶尔地遇到一次麻烦，又有谁会在意呢？别忘了，猫需要被羞辱，皮特甚至比别的猫更需要。

好了，小阿尔弗雷德离开了犯罪现场，走过去看筑路机，而我却在享受着我梦中香肠的回味。突然，我发现自己正在看着卓沃尔空洞的眼睛。

"你为什么要盯着我？"

"噢……你撒了个小谎，给皮特带来了麻烦。我有点儿吃惊。"

"我很抱歉。"

"你真的感到抱歉吗？"

"不。找点儿别的事情做，不要盯着我。"

他继续盯着我。"你没有跟我分享香肠。我真的很伤心。"

"太可惜了。别盯着我，把你的畜体挪开。"

"那我其余的部分怎么办？"

"你的畜体就是你所有的东西，卓沃尔。挪开。"

"好吧，但是我的思想呢？我的人格呢？我内心的真我呢？如果我移动畜体，我就不得不连同其他的一起移动。"

他是在开玩笑吗？很难说。"卓沃尔，你的思想很少，你的人格非常浅薄，他们几乎占不了什么地方。所以，就像我刚才说的，你的畜体就是你的全部。"

"我曾经吃过一粒豆子。妈妈说它会在我的胃里发芽，豆秧会从我的耳朵里长出来。"

"这让我很烦，卓沃尔。"

"但是你知道吗？它从我的鼻子里长出来了。"

我盯着这个小矮子。"等等。你说你吃了一粒豆子，它发芽了，还从你的鼻子里长出来了？我觉得太难以置信了。"

"是的，但这是事实。它长得很大，是绿色的。"

"噢，也许那不是豆子发的芽，也许那是你鼻腔里流出来的令人讨厌的东西。你这样考虑过吗？"

"噢，是在睡觉的时候长出来的。小孩都有遗传因素。"

"小孩当然有遗传因素。但是全世界的历史上还从来没有一粒豆子在狗的胃里发芽，然后从他的鼻子里长出来的事情。卓沃尔，我们为什么要讨论豆子呢？在我内心的深处，我真的不关心这个话题。"

"是的，我也不关心，总之我不太知道有关豆子的事情。"

"我就是这个意思。如果你知道有关豆子的事情，你就会知道它们不可能——"

"我还偷吃过一次学校的玉米。"

这句话引起了我的注意。"等等，先停一下。玉米上校？他是谁？你为什么不早点儿告诉我？"

"噢……我认为你不关心这种事。你不关心豆子。"

"我有充分的理由不关心豆子，卓沃尔。但是在豆子和上校之间有着很大的区别。"

"是的，我猜一粒豆子就是一粒种子。"

"完全正确，然而一名上校却是一个高级军官，也许甚至是一名敌人的间谍。现在都说出来吧，细节，事实。还有关于玉米上校的情况吗？"

这个小笨蛋看上去好像对某事有一种负罪感。他大口地咽着唾沫，向周围瞥了一眼。"噢，也许有一件事。"

"你看？我就知道。总会有一件事。说吧！"

"噢，是……是……"

"是，是什么？"

"是……爆米花。"

这三个字伴随着心跳久久悬浮在我们之间的空中。"什么？"

"爆米花。"

"我听见你说的是什么了，卓沃尔，但是我很难发现'爆米花'跟你所说的敌人军事情报机构的高级别人员有什么联系。顺便说一句，你所说的这个家伙可能跟命令筑路机侵入我们牧场的是同一个人。你想过这个问题吗？"

"还真没有想过。"

"快点儿。你是在哪儿看见玉米上校的？"

"噢……在一个纸袋子里。"

"啊！纸袋子！这是个新情况。"我开始踱步，就像案子出现了新的令人纠结的情况时，我经常做的那样。"那显然是某种伪装。他把袋子套在头上，对吧？当作面罩或者面具。很好，我们现在有进展了，伙计。继续。"

"噢，萨莉·梅用锅炒了些爆米花，把它们放进了纸袋子里，小阿尔弗雷德正在吃爆米花，并且给我吃了一口。"

我停在半路上，慢慢地转过身。"我们在讨论什么？"

"噢……我也不清楚。爆米花，我认为。"

"那个……神秘的上校怎么样了？"

"噢，我猜，只有神秘的爆米花。"

我叹了口气。突然我的大脑里充满了迷雾，或者是鸡毛。我向旁边走开了几步，仰望着天空。"卓沃尔，你曾经想过吗，我们其中的一个大脑可能……有点儿错乱？"

"有时候当我转圈时，我有点儿晕。这个算吗？"

"不算，比这更糟。当我跟你谈话的时候，我经常发现自己头晕。几乎就像……"我停下来想找到一个恰当的词语，"几乎就像我们的谈话毫无意义，是胡说八道。谈话只是在……绕圈子。你曾有过这样的感觉吗？"

他噘着嘴，一只眼睛眯着。"噢，让我想想。没有，我觉得挺享受的——"

"没关系。"我走到他的身边，"把这段跳过去。对不起，我问了你这样的问题。这段愚蠢的谈话将被从记录中删除。如果有人问起玉米上校，我们就说从来没有听说过。别人永远也不会知道，咱们关起门来谈论过什么。"

卓沃尔环视了一圈儿。"好的，但是门在哪儿？"

我感觉我的眼睛要从头里暴出来了。"没有门，你这个笨蛋！因此，别人永远也不会知道，咱们关起门来没有谈论过什么。这样说够清楚了吧？"

"你从来没有听说过豆子上校。"

"安静！不许再说一个字！在你让我们毫无意义地绕圈子之前，我们在讨论什么？"

在卓沃尔寻找他大脑里的线索时，我们经历了很长一段时间的寂静。然后他瞪大了眼睛。"噢，对了，我现在想起来了。你偷了小阿尔弗雷德的香肠，一口也没有给我，我现在感觉很糟糕。我想吃香肠！"

我走到他的身边，把一只爪子放在他的肩膀上。"你真的感觉很糟糕，是吗？"

"很糟糕。全世界的东西里我最想吃的就是香肠。"

"卓沃尔，你的这个问题被称为'香肠饥渴症'。这个情况非常严重，能把狗变得毫无价值。"

"我真该死。是真的吗？"

"是真的。但是我认为我可以帮助你降低这次的损失和悲痛。"

他的眼睛里闪着亮光。"真的？你没有骗我？"

"真的。你看，这里有一个治疗'香肠饥渴症'的药方，但是你必须遵照要求，我让你干什么你就干什么。"

他上下跳动着。"噢，没问题，为了挽救我的生命，我可以做任何事情。"

"好。别跳了，听着。我要给你讲解一下这个药方。"他坐下来，听着。"直接回到你的屋里，在刀尖上坐三十分钟。"

"刀尖？"

"完全正确。你看，卓沃尔，你的问题的核心在于你心底根本没有自我

控制能力。"

"是的，但是——"

"你好像在渴望你无法得到的东西。"

"是的，但是——"

"坐在刀尖上可以开发你的自我控制能力。在刀尖上坐三十分钟以后，你就不会再受'香肠饥渴症'的折磨了。"

"是的，因为会疼得很厉害。"

"卓沃尔，疼痛是净化心灵的火焰。"

他怀疑地眨了眨眼睛。"我真该死。但是……等等。你是那个吃了香肠的人，我只不过是希望吃一口。你为什么不坐到刀尖上呢？"

"卓沃尔，我们都有问题和缺点，但是你的和我的不一样。你的问题是贪婪和自私。我的仅仅是饥饿。现在赶紧去。一旦你用一个小时体验了痛苦后，你以后的感觉就会好多了。"

"我认为你说的是三十分钟。"

"我们增加了你的治疗时间。你的病情比我想象的要严重。现在快去。"

他走开了，摇着脑袋，自言自语地嘟囔着。当我看着他向油罐走去的时候，我必须承认我感到非常自豪和满足。我的意思是，我们的工作中有一些很无聊的日常事物，但是当你能真正触动到另一条狗的生活……帮助他看到他的生活是在浪费生命，他是在低级的贪婪冲动中消耗时间……

嘿，难道还有比这更好的事情吗？

为了庆祝卓沃尔生活经历的伟大转变，我一路蹦跳着到了器械棚，放纵自己吃了几口合作社生产的狗粮。我的意思是，还是要面对现实。小猪香肠是个好东西，但是一根香肠不可能持续太长时间。

别忘了那句谚语："这头小猪去了市场；这头小猪待在家里；这头小猪吃了烤牛肉。但是汉克只吃了一根香肠。"

第八章

阿尔弗雷
德决定养
小鸡

　　我知道我们以前就讨论过合作社生产的狗粮，所以我们没有必要再详细地介绍了。它那五十磅一袋的包装，就能说明很多问题。

　　你知道什么东西才用五十磅一袋的包装吗？水泥、建筑用的沙子、完整的土豆、没有加工过的洋葱、马料、还有喂鹿的玉米。所有这些东西没有一样是直接用来吃的。

　　适合吃的东西都是用小包装，比如牛排、排骨、烤肉、熏肉，还有小猪香肠。给我们狗的食物从来没有用过小包装。这样公平吗？当然不，但在真实的世界里生活就是这样安排的。

　　我们的基本口粮就是合作社生产的脱水狗粮，是从合作社的食品店里买的。食品店设立在一个有回音的大型仓库里。每个月斯利姆都要去食品店几次，他散步一样地走进仓库，还能注意到麻雀在房梁上飞来飞去。按理说这些小鸟不应该在那儿，但是他们确实在那儿，你能猜得出来人们在袋子下面留下了什么。

　　斯利姆从口袋里掏出一张皱巴巴的纸，斜着眼睛看着上面写得很潦草的采购单，对被从午睡中叫醒、还带着一双睡眼的搬运工念着上面的项目。

　　"杰里，我要四袋马料、十袋牲畜用盐、两袋玉米粒、五袋拌好沙子的水泥。噢，还有一袋狗粮。"

搬运工打了个哈欠。"好动的，还是半好动的？"

"我没听懂？"

"你的狗用来干什么？打猎，工作……？"

这话激起了一阵大笑。"他们就会睡觉和狂吠。你们有专门给睡觉和狂吠的狗的狗粮吗？"

"没有。只有好动的，或半好动的。"

"那就半好动的。"

搬运工慢吞吞地穿过尘土飞扬的仓库，把袋子装到一辆两轮手推车上。他把手推车推到装车的平台，再把袋子搬到牧场小货车的后厢。

这样的对话能刺激你的食欲吗？会使你冲进器械棚狼吞虎咽下一碗这样的狗粮吗？噢，别忘了，我们甚至连一个体面的狗碗都没有。他们把给我们的食物倒在一个翻过来的福特轮毂里。

现在我问你。如果这个牧场的人到外面的饭馆里吃饭，他们会坐在大仓库里——有麻雀在头顶乱飞——点一些五十磅的麻袋里装的食物吗？噢，当然不会。但是当对待他们的狗的时候……

噢，好了。为世上的这种不公平生气毫无意义。

我走到狗碗跟前，里面堆满了黄色的颗粒，我闻了几下。闻一下就足以让我知道，我梦中的小猪香肠已经消失在稀薄的空气里，就像春天早晨的露珠一样永远地消失了。

露珠在春天的草叶上。

春天的露珠都在早晨。

唉。

香肠没有了，这才是问题的关键。我吃了一口干燥无味的颗粒，直接进

入了粉碎程序。

当我们进入粉碎程序时，有十五至三十秒的时间，我们必须听着从"粉碎"舱（普通的狗有时候称之为"嘴"）里传来的噪音。噼啪！啪啪！嘎吱！声音很大。如果你恰巧头痛，你就会觉得有一把手提钻在你的脑袋里。

噢，好了。石灰石或者树皮可能会更难吃，甚至更难嚼。我停了一会儿，还得感谢合作社生产的半好动型脱水狗粮。

我正在研磨我早晨的营养……噢，说到营养，你注意到了吗？牛仔们买的是便宜的狗粮。也许你没有注意到。半好动的要比好动的便宜，所以他们要买半好动的。这跟治安部门的日常工作和工作安排没有任何关系。半好动的便宜，就是这个原因。

我们说到哪儿了？噢，对了。当我辛苦地研磨粉碎我早晨的什么东西时，三个成年人和一个孩子在器械棚的外面闲逛着。我从工作中抬起头来，认出是斯利姆、鲁普尔和莫里斯（成年人），还有小阿尔弗雷德（孩子）。我在意他们吗？不。我在忙着研磨石头一样的狗粮，努力忘记它们不是香肠。

莫里斯说："好了，谢谢你们的螺栓。省得我再往城里跑一趟了。噢，顺便说一下，我是今年县里展览会的家禽主管。这个孩子应该在会上展出一些鸡，这是对孩子们非常有益的项目。"

鲁普尔低头看着小阿尔弗雷德。"你觉得怎么样，年轻人？你愿意在展览会上展出鸡吗？"

阿尔弗雷德点了点头。"当然！也许我能赢得一块奖牌。"

鲁普尔又面向莫里斯。"听上去你的话好像起作用了。"他指了指几只正在器械棚前啄蚂蚱的母鸡，"那些鸡怎么样？"

莫里斯把手抄进口袋里，脚尖上下颤动着。"准确地说，不行。你们展出的鸡要有特殊的血统，就像展出的小牛和羊一样，他们必须是从小鸡养大的。"

　　"啊。噢，我们没有小鸡，所以……"

　　莫里斯露出了笑容。"我正好知道一位女士养小鸡。今天早晨我跟她谈过了，她还有五只。是贝蒂。"

　　"你妻子？"

　　"是的，她说这是里面最好的。她要卖五美元一只。而且我们管送。"

　　"五美元！莫里斯，你可以用五美元在食品店里买一只大鸡，而且是宰好的。"

　　斯利姆加入了谈话。"是的，或者你可以买十磅冷冻的火鸡脖子。"鲁普尔和莫里斯盯着他。"怎么了？我老是吃火鸡脖子。味道不错，而且很容易做。你只需要在一只大锅里煮上二十分钟。"

　　鲁普尔摇了摇头，又对莫里斯说："别听他的。他是个单身汉。五美元一只小鸡太贵了。"

　　莫里斯噘着嘴唇，摆出了一副深思状。"好吧，两美元五十美分，这只是对你的价格，只是为了这个孩子，只是因为我想让他在展览会上赢个冠军。"

　　鲁普尔笑了。"成交。你负责送货？"

　　"是的。我们用专门的硬纸盒子运送。"

　　"好。"

　　"只送到我房子的前门。"

　　鲁普尔的眉毛皱了起来。"我们必须去拿？莫里斯——"

"鲁普尔，反正你还要去买饲料。你可以一趟都解决了。"

"我们有鸡饲料。"

莫里斯摇了摇头。"不。你需要专门的展出饲料。对展出的鸡你不能喂普通的饲料。"鲁普尔的嘴里呻吟着。莫里斯的眼睛里闪过了一丝亮光。"但是你很幸运，因为我正好是柯兰克饲料的当地代理商。"

鲁普尔和斯利姆交换了一下眼神，然后鲁普尔说："我从来没有听说过柯兰克饲料。"

"那是因为你买的都是便宜货，鲁普尔。我这样说很不好意思，但事实就是事实。"莫里斯从工装裤前面的口袋里拿出了……一个纸做的东西。"你愿意读一下这个关于柯兰克饲料的小册子吗？"

"不。"

"噢，它们是最好的。虽然不便宜，但它们是最好的。为了这个好孩子，我知道你想要最好的。"

鲁普尔挠着脖子，用靴子擦着地面。"好吧，莫里斯，我们要五只小鸡和一袋马力强劲的鸡饲料。加在一起，我给你写张支票。"

"一袋喂不了多长时间，鲁普尔。"

"好吧，两袋。算算多少钱。"

莫里斯好像在思考。"鲁普尔，我一般不把这个信息告诉别人，但是……在过去的三年里，所有级别的冠军都得喂……"他用手捂着嘴小声说出了这个信息，"粉碎的秘鲁牡蛎壳！"

鲁普尔叹了口气。"太好了。那是什么东西？"

"噢，家禽需要砂砾——"

"砂砾是为砂囊准备的，我知道这些，莫里斯。我们的牧场里到处都是

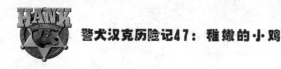

沙子、石头和砂砾。"

莫里斯耸了耸肩。"好吧，我认为那得看一个人想要什么了。如果他想要他的孩子在展览会上赢得蓝带，他就得喂用钱能买到的最好的砂砾。如果他不在乎，如果丑陋的黄带对他来说就已经够好了——"

"我们要一袋。算一算。"

莫里斯拿出一只铅笔和纸，在上面计算着。这时斯利姆咧嘴笑着，鲁普尔皱着眉头。然后莫里斯抬起头来，"噢，我猜你有小鸡专用的饮水器。"

"没有。平底锅不行吗？"

"噢，"莫里斯悲痛地摇着头，"有时候，小鸡会掉进去淹死。我正好带着——"

"多少钱？"

"十九美元九十五美分，加上税。当然是上等品。"

"算个总数。"

莫里斯笑了。"噢，我们还有液体维生素。你可以把它放在喂小鸡的水里。你肯定需要些维生素。大家都在用。"

这次鲁普尔的脸变红了。"当上帝饲养它们的时候，鸡也不需要维生素啊？不要维生素！算个总数，离开这儿。"

莫里斯算完了账单，递给鲁普尔。当他看到总数是八十七美元四十九美分时，他的脸甚至变成了深红色。

莫里斯咧嘴笑着。"支票上写付给'幸福小鸡柯兰克饲料'就好了。"莫里斯面向斯利姆，"一个人永远不会后悔买了最好的东西。"

斯利姆忍住笑，点了点头。"伙计，是真的。要是我，我就给它们买维生素——一整箱。"

鲁普尔用能杀人的目光瞪着他，但什么也没说。

他从支票本上撕下支票，用力塞到莫里斯的手里。"给你。我扣除了一个加强型的钢螺栓的价格，一美元九十五美分。那是我从约翰·迪勒那儿买来时的价格。下次再断了，到别的地方去。"

莫里斯折起支票，装在了前面的口袋里，爬进了筑路机的驾驶室，把狗从座位上推开，然后挥手告别。"贝蒂会把小鸡给你准备好的。县展览会上见，阿尔文！"

他砰的一声关上了门，启动发动机，开着筑路机去修路了。他看上去为自己感到很自豪，显然是在告诉他的狗这件事。

鲁普尔怒视着筑路机，嘴里嘟囔着："斯利姆，如果你敢对刚才的事作任何评论，我就解雇你。"

斯利姆耸了耸肩。"我不知道你在说什么。我觉得这是个很好的小项目对……阿尔文。"

斯利姆赶紧进了器械棚，留下阿尔弗雷德和鲁普尔在一起。阿尔弗雷德带着一脸困惑的表情。"爸爸？"

"噢，儿子。"

"为什么他们都叫我阿尔文？"

鲁普尔看着他的眼睛。"他们都不太聪明。我们去告诉你妈妈我们做了什么。"

他们走下山坡回家了，留下我一个人继续研磨我的早餐。

第九章

萨莉·梅的汽车里面有点儿怪

他们的谈话有一些我没有听懂，但是有一件事我听得很清楚、很明白。你注意到了吗，鲁普尔要给阿尔弗雷德的小鸡买最好的、最贵的强力饲料，仅仅是些没人愿意多看一眼的破小鸟……但是当给治安部门的精锐力量买食品和营养品时……

噢，算了。就像我以前所说过的那样，从某方面来说这是一份令人讨厌的工作。

大约在下午四点钟的时候，小阿尔弗雷德蹦着跳着从房子的后门出来了，过了一会儿萨莉·梅跟了出来。她抱着宝贝莫莉，脸拉得很长。

萨莉·梅的脸拉得很长，是这样的。宝贝莫莉的脸很短，因为她还是个小孩子，小孩子的头都很小，因此……不说这些了。

在门廊上，萨莉·梅低头看着她儿子说："我不知道是怎么回事。你和你爸爸……"她只说到了这儿。

他们爬进汽车，开走了。两个小时之后，他们回来了，把汽车停在了房子后面的车道上，然后下了车。萨莉·梅是第一个下车的。她看上去……我们可以说是，有些疲惫。她阴着脸，头发看上去有点儿……啊……像纤维一样，被风吹得很凌乱。

一下汽车，她的嘴里就嘟囔着："为什么偏偏今天空调就罢工了？这个白痴。”她砰的一声关上了车门。

好啊！我只需要知道这些就够了。萨莉·梅的心情很糟糕。

突然，我移动着我的身体离开了院门口，藏到了一个草丛里。

我为什么要这样做呢？噢，很难解释清楚。不，很容易解释清楚。萨莉·梅和我一起分担着……让我怎么说呢？也可以说是，我们一起分担着痛苦的时光，我学会了密切关注她的心情。当她生气、烦恼、不高兴、不满意，或者恼怒的时候，我发现如果我赶紧……噢，消失，是最好的办法。闪了，藏起来。

你可能会认为一条忠诚的、友好的、可爱的狗的出现能够改善一下她的情绪，但是由于某种原因，这样做往往适得其反。说实话，甚至有很多时候，我有一种感觉……噢，她一点儿也不喜欢我。

很难令人相信，哈？的确是这样。也许是我的错觉。我的意思是，萨莉·梅怎么能不尊重一条……噢，忠诚的、顺从的、可爱的、关心人的、可信赖的、有礼貌的、善良的、绝顶聪明的、善解人意的、灵敏的、英俊的狗呢？

好好想想吧，看来不太可能。突然，我觉得……在我大脑的深处有一个声音在呼唤，一个细微的声音告诉我，萨莉·梅今天的心情不好，需要一条关心人的、可爱的狗来分担她的痛苦。

非常感人，哈？的确是这样。我的意思是，有些狗对主人的需求很敏感，有些狗则不。那些不敏感的狗——普通的杂种狗——磕磕绊绊地度过他们的一生，傻笑着，嘴里说着：“汪。”噢，我可不是这样的狗，如果萨莉·梅需要我做些特殊的关爱服务，天哪，我肯定会响应号召的。

我离开了藏身的草丛，一路小跑到院门口。我坐在那儿，等待着去满足

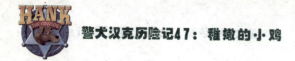

她的需要。我的尾巴在地上来回地扫动着，进入了我们称之为"我在这儿"的程序。

她走到汽车的另一边，为小阿尔弗雷德打开车门。"不，我们不能让他们待在房子里。"

"但是，妈妈，他们太小了，爸爸说——"

"亲爱的，你爸爸是个大好人，但是我知道收拾垃圾的时候，他就会在别的很远很远的地方。"她打开车的后门，继续说着，"我们让他们待在外面的院子里，动物们属于那儿。"

"但是，妈妈，如果……"

我一直在听着这个谈话，想弄清楚他们在说什么。没有一句话能让我听明白。但是，突然，我明白了，萨莉·梅打开了车的后门……让它开着，几乎好像……咦，她有没有可能是为……我开的门？她想让我进入车里查看什么东西吗？

我研究着她的脸，搜寻着能告诉我下面该怎么做的线索。她一直在和阿尔弗雷德说话，好像根本没有意识到我……

吱吱。吱吱。吱吱。

啊？

你听见了吗？也许没有，因为你不在现场。但是我听见了，让我告诉你吧，伙计，这个声音吸引了我所有的注意力。我关闭了"我在这儿"的程序，竖起了所有的耳朵。我有两只耳朵。

问题的关键是我的耳朵竖起来了。我对声音的频率作了些微调，让两只耳朵列成一排，捕捉到了那个神秘的声音。

吱吱。吱吱。吱吱。

又响起来了！嘿，我们有一些身份不明的东西在萨莉·梅的汽车的后面，是活的，正在发出奇怪的声音！会是老鼠吗？噢，你知道我对保护汽车安全的态度。我要对所有的东西负责，我要保护牧场所有的汽车，我特别关心用来运输妇女和儿童的汽车。

我们能允许老鼠在萨莉·梅的汽车里吗？当然不能。

我又一次看着萨莉·梅，希望能看到什么迹象。她还在和阿尔弗雷德说着话，是关于一个笼子或什么东西……也许她不知道有一只肮脏的老鼠正潜伏在她的汽车里。好吧，我没有别的选择，只能靠我自己了。这里面有一些……啊……风险。我的意思是，狗是不被欢迎进到萨莉·梅的车里的，但是目前的形势显然需要一个大胆的行动计划。

我鬼鬼祟祟地、蹑手蹑脚地溜到打开的车门旁，向里面窥探。我的天哪，这是怎么回事？后座上放着……那是些什么东西？饲料袋？为什么……

等等，先停一下，停。鸡饲料！还记得吗？也许你已经忘记了关于鸡的事。但是我没忘。好吧，是的，说实话，我把这事忘得一干二净，但鲁普尔和莫里斯之间的谈话发生在几个小时之前，所以，这不能怪我。

你明白了吗？萨莉·梅和小阿尔弗雷德开车去了贝蒂和莫里斯的家，他们买了些专门的柯兰克鸡饲料。你现在想起来了吗？但是真正能进一步证明的是，如果他们买了鸡饲料，就意味着他们还买了……

吱吱。吱吱。吱吱。

……意味着他们还买回家了一些……吸溜，吸溜……别的东西。

啊。老鼠。你是知道的，老鼠非常喜欢……鸡饲料。

我的眼睛狡黠地斜视着，也可以说是，我的目光移向了萨莉·梅。她没有看着我。嗯。我转身爬向车内，啊，我的前腿跳到了座位上。

嗯!

我看到了一个盒子，一个可爱的小纸盒子……旁边有很多小洞。从可爱的小盒子里……传出可爱的唧唧声。哇，我很想知道是什么发出的，啊，这种声音。我的意思是，在我的职业生涯中，我遇到过很多硬纸盒子，但是从来没有遇到过……会发出吱吱和唧唧的声音。

我又向，啊，人身上瞥了一眼……也就是萨莉·梅和阿尔弗雷德，他们还在激烈地讨论着笼子的事情，显然没有时间来管……

我一点一点地向车里面挪去，这次我试着让后腿离开地面踏到了车底板上。我把鼻子伸向了盒子。吸溜，吸溜。嘴里的口水突然……我不得不启动了舌底的水泵来清理口中的泉水……

我的鼻子又嗅向了盒子，直到盒盖的下面。我碰到他们了! 我对"无声水压鼻子起重机" 输入命令，慢慢地，非常缓慢地，盒盖开始……

"汉克!"

啊?

"从我的车里出来! 滚! 走开!"

噢，当然了。好吧，没问题。我只不过是……嘿，他们在忙着别的事情，我听见有奇怪的声音来自……

如果她不想让我对她的车子进行安全扫描，她只需要……别忘了，是她让车门一直开着的。难道是我打开了车门，砸碎了车窗，自己强行进入她的汽车的? 绝对不是。我只不过是在做……一条狗应该想到的，当他们……

好吧，没问题。我可以接受这个提示。这次很清楚，萨莉·梅不想让我进到她的车里。虽然我很不理解，但那毕竟是她的车，所以我做了任何一条正常的、健康的美国狗应该做的。我爬到了汽车的下面，从下面我向她作出了一副生气的、愠怒的、尊严受到伤害的表情。

我对天发誓，等下次我再听到她的汽车后座传出的咆哮、怒吼、危险的声音，我还会跑过去查看吗？或者从一群疯狂老鼠的攻击撕咬中拯救她吗？哈！我才不会呢，永远不会了。

好吧，也许那并不是真的咆哮、怒吼和危险的声音，但那确实是奇怪的、不正常的声音。但是别管这些了。我的自尊心受到了严重的伤害，我怀疑我是否还有自信恢复过来。

在接下来的几分钟，我给了萨莉·梅一个很严厉、生气和愠怒的表情。我不敢肯定我以前是否曾做得更好。你相信吗？我的生气和愠怒太强烈了，太有腐蚀性了，使得院子里的一棵灌木枯萎了，叶子脱落了，死了。是真的。我烤糊了那棵灌木。

但是你知道吗？萨莉·梅甚至没有注意到！她把莫莉抱出汽车，走进房子里。突然只剩下我一个人，和我的思想，还有破碎的名誉在一起，我被孤单地抛弃在萨莉·梅的车底下……

"汉克，过来。"

有声音？一个友好的声音？我斜着眼睛看见……小阿尔弗雷德。我的伙伴，我最亲密的朋友。他在院子里面，坐在人行道上，手里拿着……吸溜，吸溜……我们应该说是，膝盖上放着一个硬纸盒子。

我扭动着身子从车底下爬出来，走到院门口。职责在召唤。

院门开着，但是我不敢进到院子里。

你明白是为什么吗？因为萨莉·梅有法律规定不许狗进她的院子，这就是原因。但是，猫却可以自由进出，只要他愿意，就整天在鸢尾花丛里闲逛，偷剩饭吃，在经过的每一个人的腿上蹭，这些都没事。可如果狗敢把脚踏进院门一步……

她对狗有些不可思议的看法，我只能这样想。她好像认为如果我们进到了院子里，我们就会……我也不知道就会干什么，发狂或者别的什么。挖洞，坐到她的花上，给所有的灌木打上标记，在她的花床里留下很大的肮脏的痕迹，痛打她的宝贝小猫。

好吧，也许在她的"院子法"的背后有那么一点点是事实，但是只有那么一点点。在大多数情况下，她的"院子法"是对狗的侮辱和绝对的不公平，但是我不能使自己超越法律。

关键问题是我的脚并没有踏进院子。尽管大门是开着的，小阿尔弗雷德刚刚召唤我去开一个重要的会议。我停在了院门允许狗待的一边。我的尾巴大幅度地摇摆着，等待着下一步的命令。

阿尔弗雷德看见我待在那儿。"快进来。"

我，噢，不，谢谢了。我愿意进去，但是你知道你妈妈。最好还是

别进。

他端起盒子，来到了我站着的地方。我的耳朵竖了起来，我发现自己……紧紧地盯着盒子……闻，闻……想知道里面装的到底是什么。

他对我咧嘴笑着。"想看我的盒子里是什么吗？"

我还没有意识到，我的舌头已经掉了出来，也可以说是，舔着嘴唇。我给了他一个面部表情，意思是说："噢，好吧……当然了，为什么不呢？我们来看看盒子里面……是什么。"

他拿起盒盖，我看见……

我的耳朵跳了起来，我的眼睛睁大了，我的前爪开始上下移动，我的尾巴进入了困惑的转圈模式，想表达……想不表达……就像我说的一样，这是个困惑的模式。我的舌头又一次加班工作打扫着突然涌进我嘴里的口水和消化液。

小鸡，鸡宝宝。有五只，正坐在盒子里盯着我。

我困惑地看了这个孩子一眼。我的意思是，难道他不了解狗……我怎么说才能不那么刺耳呢？难道他不了解我们狗生活在持续诱惑的……阴影下吗？

我的意思是，当一个人通过级别的提升，获得了牧场治安长官的位置之后，他应该能够抵御那些困扰普通杂种狗的诱惑。但事实上……

让我们换一种说法。我们的牧场里有鸡，是吧？她们是成年的鸡——下蛋的母鸡。萨莉·梅晚上把她们关起来，但是在白天她们可以自由地到处跑。换句话说，我每天都能看见鸡。你可能会认为，过了一会儿一条狗就会失去他的……

这对我来说非常困难，你必须跟我一起承受。你看，我肯定不想让这些孩子产生错误的想法。我知道他们有点儿崇拜我，仰视我，你知道，他们认为我是个英雄，如果他们知道了……情况是这样的，他们可能会失望的，如果他们认为……

我们干这种事的时候都是踮着脚尖，是吧？好吧，这次我们就去掉所有的伪装，抛弃不必要的温情和优柔寡断，直接进入底线。

坐稳了，这部分可能有点儿令人吃惊。你听着。

诱惑

有时候，一条狗不知道该怎么做，

他脑子里的想法可能会引起主人不高兴。

在某种情况下，他们可能会起冲突，

那就是诱惑。

诱惑。

当看门狗趴在主人的脚下时，就是一条好狗，

但是不健康的想法是引起争议的主要原因。

常青藤有毒是因为根里有毒。

那就是诱惑。

诱惑。

有一只鸡能引起狂奔，

在狗看来就像种下了一粒种子。

89

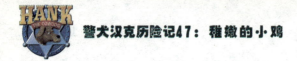

它能长成像毒草一样的东西。

那就是诱惑。

诱惑。

诱惑是一条狗必须容忍的情绪，

它需要一个清醒头脑的不断监督。

一旦失去了控制，就会把一个人变成神经病。

诱惑。（吸溜，吸溜，吸溜。）

诱惑。（吸溜，吸溜，吸溜。）

怎么样！现在一切都公开了。事实上……可怕的事实是……我对小鸡有一个致命的弱点！

我说出来了，现在你可以感到震惊和失望了。但我还需要坦白的是，现在，这个弱点比任何时候都更严重了。

我还能坚持下去吗？我必须试试。

好吧，情况是这样的。平常我在牧场里走来走去的时候，每天都能看见鸡群在干一些你可以想象到的没有头脑的鸡所干的事情。他们啄砂砾，追蚂蚱，还咯咯叫。没什么重要的事情，也不会让人感到惊奇。尽管我每天都看见鸡，但是有些事情真的很奇怪……

我没有看见他们应有的面目，而是把他们看成了……膳食、食品、晚餐。

是真的。当我看见一只肥胖的母鸡在器械棚的前面刨砂砾时，我没有看见她的羽毛和腿，我看见她……在一个盘子里！盘子里还有土豆泥、肉汁、绿色的豌豆和拌好的沙拉！鸡的香味游荡在空气中。

这种事情太可怕了，它能欺骗我的大脑，戏弄我的身体，但是我好像还无法改变这个画面。它日复一日不断地上演……鸡肉晚餐在我的面前走来走去，鸡肉晚餐在等着我去吃呢，鸡肉晚餐……

现在你知道了这个每天都跟着我的阴影，这个潜伏在我的心脏和大脑里的可怕的幽灵般的诱惑。

但是小阿尔弗雷德不明白，当他掀起盒盖的时候，我发现自己正在盯着……五只小鸡晚餐……坐在五个盘子里……还有五大份配餐的土豆泥和肉汁。

吸溜，吸溜。

我给了他一个万分紧急的表情。我必须把信息传达给他："阿尔弗雷德，伙计，我们在这儿做的事情不好，非常不好。你需要把盖子盖上，把盒子拿到房子里的……什么地方……任何地方……必须把它从这儿拿开！"

他甚至没有看着我。他错失了所有的信息，他在欣赏他的新……啊……宠物。"你看，我这里是什么，汉克？五只小鸡。我要把他们养成大鸡，然后我要在县里的展览会上获奖。"

他的眼睛在看着我，好像在等着善意的回应。我想用摇摆的尾巴和面部的表情对他说："噢，是的。小鸡。很好，非常好。"

这孩子继续说："我们将把他们放在院子的笼子里，汉克，我相信你会保护他们。"

啊？

我？保护小鸡？

我的目光移开了。由于某种原因，我发现我很难……也可以说是，看着

他的眼睛。

他继续着。"如果晚上郊狼来了，你就狂吠，让他们走开，好吗？"

心一阵狂跳之后，我发现只剩下我一个人和我的……啊……想法。我有很多想法。不幸的是我不能随意地……讨论。很抱歉。

我又转头面向孩子，对他露出牙齿……应该是我给了他一个灿烂的笑容，好像在说："当然了，能行。没问题，这是我们工作的……哈哈……一部分，是吧？你就放心吧。郊狼绝没有机会吃这些小家伙的……我保证。哈哈。"

就这样，我被指派去完成特殊的保卫小鸡的任务，我必须承认我感到这是一种荣誉和奖赏，我的小伙伴在全世界所有的狗里面……挑选了我来执行这项特殊的任务。

一旦我接手了这个工作，他肯定不需要担心郊狼会吃了他的小朋友。不会的，先生！不会有郊狼，不会有臭鼬，不会有獾，不会有浣熊，也不会有大角猫头鹰。一旦牧场治安长官负责了这项工作，他不需要再担心……

你还记得我们曾讨论过的事情，有关诱惑和鸡肉晚餐的事情吗？哈哈。什么事也没有。说实话，那只不过是……闲聊，胡说八道。也可以说是，一不留神进入了白日梦的世界。

那是个玩笑，一个没有害处的小玩笑。

哈哈。

所以你可千万别想歪了。事实上，如果能忘了我们曾说过的话，我会非常感激的，因为……噢，因为我们从来就没有说过。你认为我们讨论过我所谓的对鸡的弱点，但是你可能误解了。我想说的是……事实上我说的是牧场治安长官已经超越了诱惑，你知道，我们没有对小鸡的……弱点。

是真的。

每件事都很正常，都在掌控之中。

我们说到哪儿了？噢，对了，我被任命为小鸡的护卫。在仪式之后，小阿尔弗雷德和他妈妈开始为我……应该是为小鸡，准备一个房子。他们走上山坡去器械棚里找到了一个小鸡笼子，把笼子拖下了……

我坐在院门口，想着自己的心事。看着他们的准备工作，我突然有一种不安的感觉……萨莉·梅正在盯着我。不，比那还要糟糕，她好像看透了我的思想和灵魂，几乎……

我们讨论过萨莉·梅和她那双X光眼吗？也许还没有。噢，她的目光不只是滑过物体的表面，它们能钻透，打透……应该说是渗透到大脑的深处，它们好像总是在寻找……

淘气的想法。

这跟做母亲有关。母亲总是在怀疑所有的狗和小男孩，你知道吗，他们装备了X光眼，可以忽略表面的细节，直接探查到大脑的深处。我的意思是，一个不经意的微笑可以骗过斯利姆或者鲁普尔，但是绝骗不了那个女人。她是残酷无情的，她的眼睛上仿佛长了一个侦探犬的鼻子。

听上去有点儿奇怪，是吗？但是只有这样才能证明她……噢，她使我感到不安。即使我什么也没有隐藏，即使我几天来，几个星期以来，甚至几个月以来都不曾有过淘气的想法，我无法摆脱……她会读心术的感觉。

这种感觉让我寝食难安，所以我，啊，发现最好……还是，我突然有了一个想法，我需要去查看一下卓沃尔。还记得卓沃尔吗？我派他到他的屋子里去坐在刀尖上，去受罪。噢，天哪，我需要去查看一下。是真的。

所以我离开了我在院门旁边的地盘，长途跋涉去了油罐。院门往南三十码的地方。我终于使自己脱离了她的雷达范围。耶！只有这样我才能放松下来。

你也许想对这一点做个记录。母亲的雷达准确的极限范围是三十码，但若是超出了这个范围……哈哈……小男孩和狗就自由了，愿意想什么就想什么。

但是我必须指出来，我什么也没有隐藏，几乎什么也没有。是真的。

当我发现卓沃尔在他的麻袋床上睡觉时，你不要感到吃惊，我们说的是酣睡——打鼾，颤抖，抽搐，尖叫，所有的他在睡觉中能弄出来的稀奇古怪的声音。

我在他的身边站了一会儿，感叹着所有的噪音。然后我把鼻子对准他的左耳朵，进入了日常的我们称之为"闹钟"的小程序。我们用它把懒鬼和流浪汉从酣睡中叫醒，哈哈。

我大喊道："醒醒，世界着火了！"

第十一章

我想帮助
卓沃尔

　　我必须承认，从叫醒卓沃尔中我获得了很不道德的乐趣。你应该好好看看这个小笨蛋。他开始蹬着四条腿，但因为他在侧卧着，所以一点儿也没挪地方。一只耳朵竖着，他睁开了眼睛，显示出……噢，没有显示出什么。当他在半睡眠状态时，卓沃尔的眼睛里只有巨大的空洞。

　　既然你提到了，没错，当他醒来时，他的眼睛里是同样的巨大的空洞。

　　"救命，杀人了，紧急呼救！火，着火了！往火上吐唾沫，快把猪肉拿出来！"

　　哈哈。真好玩。

　　经过了一两阵的惊慌之后，他终于站了起来。他摇摇晃晃地转了个圈，然后认出了我。"噢，嗨。火怎么样了？"

　　"很好，谢谢。你自己怎么样？"

　　"噢……我不清楚。我认为我刚睡醒。"

　　"正好我也是这样认为的，卓沃尔。如果你刚刚醒，这就意味着你睡着了。"

　　"是的，因为你就是叫醒我的人。你通常是睡觉的人。"

　　"再说一遍？"

　　"我说……你是睡觉的人，叫醒的人……我也不知道我说的是什么。"

"没关系。问题的关键是，"我开始踱步，就像我进行重要的审讯时，经常做的那样，"如果你一直在睡觉，你就没有因为你的罪行而受到惩罚。我让你到这儿来是坐在刀尖上的。"

他转动着眼珠儿。"你是说坐在刀尖上受罪？"

"是的，完全正确。我正是这样说的。别让我再重复。"

"什么？"

"我说，别再让我重复。那么你在刀尖上坐了吗？我需要你实话实说。"

"噢，让我想想。"他歪着嘴，摆出了一副思考的架势。"我坐在了活塞上，我的屁股现在还疼呢。这样行吗？"

"好，很好！"

"什么好？疼得厉害。"

"是的，这就是让你坐在刀尖上的目的，卓目儿。你受苦了，在某种情况下，受苦对我们有好处。"

"是的，但是我的名字叫卓沃尔。"

我停止了踱步。"什么？"

"你叫我'卓目儿'。"

"我没有叫过你'卓目儿'。我为什么会叫你'卓目儿'呢？'卓目儿'什么意思也不是。"

"对，如果它什么意思也不是，你就不能这么说。"

"我没有这么说。我说的是'刀尖儿'。"

"不对，你说的是'刀尖上'，然后你叫我'卓目儿'。"

我叹了一口气，仰望着天空。"我来这儿是有原因的。我来看你受苦，

卓苦儿，现在你把我给搞糊涂了，我都不知道今天是不是下雨了，还有是不是星期二。"

"噢，我认为今天是星期四，但上个星期是三月，我的名字还叫卓沃尔。"

我走到他的面前，用鼻子戳着他的脸。"你为什么总是这样说？我知道你的名字！你需要证实吗？好吧，你听着。卓沃尔，卓沃尔，卓沃尔！"

"什么，什么，什么？"

"我知道你的名字。"

"那你为什么要叫我'卓目儿'和'卓苦儿'？"他低着头开始抽搐……应该是抽泣。"我希望你不要对着我大喊大叫的。你知道我在早晨受不了别人的喊叫。"

"我没有喊叫！"我大喊道，"而且，这也不是早晨。这是……"突然我意识到我们所说的话没有任何意义。我叹了口气，走开了几步，把有毒的迷雾清除出我受损的大脑。"卓沃尔，认真听着。"

"谢谢你叫我卓沃尔。"

"闭嘴。你完成你受苦的配额了没有？我必须知道。"

"什么是配额？"

"在刀尖上坐一小时。"

透过满眼的泪水，他笑着说："是的，我当然坐了。你为我骄傲吗？"

"我非常骄傲，卓傲儿，如果你从中知道了诱惑的危险性。诱惑会渗透所有的狗，我们必须要坚强。"

他流出了眼泪。

"啊！我只是揭示了事情的本质。你想告诉我什么吗？"

"是的！"他流着眼泪哭了起来。"你叫我……'卓傲儿'！"

"你刚才说我叫你'卓苦儿'。你就直说吧，到底是'卓苦儿'，还是'卓傲儿'，我不可能两个一起叫吧。"

"救命！"当着我的面，这个小矮子爬到了他的麻袋底下，只不过屁股还露在外面直直地冲着天。"我被你搞糊涂了！"

"出来！"

"不，我再也受不了了！甚至连我也不知道我的名字了！"

"啊，原来是这样！你不知道自己的名字，却想把罪名转嫁给我。你是一条病狗，卓狗儿，我不知道我们是否能救你。"

"救命！"

"你的病情比我想象的还要严重。"我的大脑在飞速地转动着，"好吧，试试这个。吃两片黄连素，回到床上去。"

麻袋的一角掀了起来，我看见一只眼睛在向外窥视着我。"我们没有黄连树。木棉树怎么样？"

"那是树。"

"噢，好吧。谢谢了，汉克。我已经感觉好多了。"

我在他的身边站了一会儿，低头看着这个叫卓沃尔的古怪的小家伙。显然，他有非常严重的健康问题，但是也许我们刚才的会议帮助他度过了最危险的时刻。我希望是这样。从很多方面来说，他是一个不错的小疯子，但是在他大脑里很多层垃圾的覆盖下，还潜伏着一片未开垦的荒地。

我叹了口气，向他投下了最后一眼带有父亲般关怀的眼神，然后向山坡上走去。黄昏的太阳掉到了地平线上，就像一只母鸡栖息在了她的窝里。

吸溜。

太阳落山提醒着我黑暗就要降临了，还有一项非常重要的工作在等待着我。是的，那是一个艰巨的任务，也许是我职业生涯中最艰巨的。稚嫩的小鸡在黑暗中吱吱的叫声能把所有的坏蛋都召到牧场总部来，他们都渴望吃一顿鸡肉晚餐。

我能把他们全赶走，保护好这些小鸡吗？

在战斗开始前的这段平静中，我向大脑里巨大的电脑屏幕求助，打开了"坏蛋程序"。我浏览着我们文件里所有坏蛋的名字和面孔：瑞普、斯诺特、恐怖的斯可兰仕、山猫辛斯特、巴斯特和马格斯、华莱士和小华莱士、浣熊埃迪。

然后我又研究了我们不知道姓名的其他嫌疑犯的照片：各种臭鼬、獾、浣熊、山猫、老鹰和猫头鹰，他们中的任何一个都有可能袭击我的，啊，小鸡。

会是哪一个呢？在严酷的黑夜里，我将面对哪一个坏蛋呢？

我在我的大脑里看见了他的脸。

我甚至还知道他的名字。

是的，我知道是那个坏蛋。我非常了解他。我们在一起，啊，也可以说是，度过了很多时光，我恐怕不能揭露他的身份。

为了安全起见，你明白吗？

第十二章

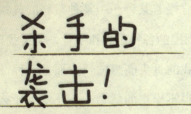

杀手的
袭击！

黑暗就像一个黑色的窗帘沿着……什么东西的边垂落下来。我们也可以说是夜幕降临了，就像它每天在某个时候都要做的那样，通常是在下午的晚些时候或者晚上。总之，这样的事每天都会发生。

换句话说，黑夜的来临没什么值得奇怪的，因为这样的事总在发生，但是在这个特殊的夜晚，空气中弥漫着某种……某种紧张的气氛。我能用我的骨头感觉到。不是我埋在牧场周围的各种排骨和牛骨，而是我自己的……

空气中有些紧张的气氛，我的骨头能感觉到。那是一种奇怪的感觉。我有一种奇怪的、令人不安的、说不出来的感觉……要发生什么事。是一种恐惧的感觉，一种不香的预兆。

应该是不祥的预兆。有时候在外面的黑暗中，有一些懒散的游移不去的动物在窥视着……听着……密谋着……

让人非常紧张，哈？的确是这样。但是在这所有可怕的事情中好的一面是……噢，我将守卫在院门口，保护这些小，吸溜，吸溜……小鸡。嘿，当汉克在这儿保护小鸡的时候，还会发生……啊……什么呢？

十点钟，小阿尔弗雷德最后一次从房子里出来。你不知道，他每十五分钟来查看小鸡一次，但是现在已经到了他上床的时间。查看小鸡，也可以说是看看他们是否安全、完好、健康和美味……应该是健康和暖和。

十点钟，一切都很正常。穿着带圆点的紧身睡衣，阿尔弗雷德来到了靠近院门的我站岗的位置。他看上去有些焦虑和担心。他斜着眼睛看着黑暗的深处，然后叹了一口气。

"我必须去睡觉了，汉克。照顾好我的小鸡，好吗？"

噢，当然了。没问题。让坏蛋们来吧！哼！如果这些恶棍想挑战治安部的精锐部队，就让他们来好了！

他打开大门，走到我的跟前。他张开双臂搂住了我的……啊……脖子，给了我一个热烈的拥抱。"汉克，你能保证照顾好我的小鸡吗？"

我看着他的眼睛，举起右爪，向他庄严发誓："阿尔弗雷德，在全世界所有的狗中，我是他们其中的一个。如果你的小鸡发生了任何事情，我将会第一个知道。我向你保证。"

这好像使他的心情放松了一些。他笑着关上了大门，说道："噢，晚安。早晨见。"

我舔着我的……应该是，我举起我的爪子向他告别。

我看着他进了房子。门在他的身后关上了。过了一会儿，灯开始熄灭了，一个接着一个。房子变得黑暗而又宁静。最终，只剩下了我一个人……也可以说是，还有我的思想，其中的一些想法……啊……非常有意思。

对将要发生事情的预料引起了我的脊椎一阵颤抖，一直通到了尾巴根。我慢慢地向我的左边，然后是右边瞥了一眼，只是为了弄清楚……我确实是一个人。没有人看见……甚至没有人会知道……

然后我的目光落在了，啊，笼子上。舔舔下巴，吸溜。它被放在靠房子的地上，就在门廊的南边。在笼子的里面有五只稚嫩的、睡着的……噢，顺便说一句，我们唱过"保卫小鸡"的歌吗？真是首好歌。歌这样唱到：

保卫小鸡

第一部分：小鸡

稚嫩的小鸡安全又温暖，

没有人可以伤害我们。

窗子插上了，房门锁好了，

我们安全地待在我们的盒子里。

睡着的小鸡安全地待在里面，

被一个警惕的朋友保卫着。

第二部分：汉克

稚嫩的小鸡赤裸裸、无助地待在盒子里，

恶棍就潜伏在黑暗里，试图打开所有的锁。

美味多汁的剔骨肉，还有小腿、大腿，

捕食者用饥饿的目光看着他们。

坏事随时可能发生，很多事可能会出现错误，

有人忘了锁门。噗！小鸡不见了。

非常鼓舞人心的一首歌，哈？的确是这样。

我的耳朵竖了起来，我还没有意识到，我的尾巴已经在拍打着地面发出

了紧急信息，告诉我现在是时候去……噢，就像你可能要说的，去把事情查

看清楚。

哈哈。

我的眼睛向周围看了看，我挺直了健壮的身躯。我发现自己正在向篱笆走去：一步，两步，三步。到了篱笆前，我进入了深蹲模式，仔细地观察着篱笆的高度，把所有的目标信息发送到庞大的计算机的主机里。

由于激动，我感到紧张和发抖，我等待着许可的指令。指令终于来了："发起攻击！"没有片刻的停留……应该是，没有片刻的迟疑，我把自己发射到了空中，优雅得像一头鹿越过了篱笆，在另一侧实施了软着地。

我刚刚进入萨莉·梅的院子，就让我感到了某种不安……好吧，也许应该承认……是犯罪感。虽然我进入她的宝贝院子是为了给稚嫩多汁的小鸡提供保护……也可以说是为了保卫小阿尔弗雷德参加县展览会的小鸡，但我忍不住地有一种针刺一样的……犯罪感。

你知道我和萨莉·梅之间的关系，只要一想起她就让我觉得……但是从另一方面来说，我在那儿是为了执行一项仁慈的使命，对吧？如果你为此请教萨莉·梅，我相信她会愿意让我待得离鸡肉晚餐近点儿……离小鸡近点儿……要在县展览会上展出的小鸡，对吧？她肯定会这样做的。

我眯着眼睛对院子和周围的区域进行了最后一次视觉扫描。一切正常。我吸了口新鲜空气，匆忙穿过了草坪，直到发现自己站在了取菜台前……应该是笼子前。笼子里装着我受雇保护的小鸡。

闻，闻。

吸溜，舔舔下巴，口水又溢了出来。

是的，他们在笼子里，安静地坐在盘子里……应该是在安静地睡觉。这样很好，成长中的鸡腿……应该是成长中的小鸡需要睡眠。

我把鼻子伸到笼子的顶上，开始研究上面的小门。你看见了吧，笼子的顶上有一个小门，门上安了个插销装置……哈哈……这不是问题。我的意思是，任何一条长着强壮鼻子的狗都能轻易地打开插销……

我听见我的左边，靠近院门的地方有一个声音。我转过身去听着。一个声音滑过了夜晚宁静的空气："汉克？你在院子里干什么？"

我放松地叹了口气，原来是卓沃尔。我轻轻地走到篱笆前。"你应该待在你的屋子里受苦。"

"是的，但是我觉得很无聊，我只是感到好奇……你不是想干我认为你要干的事……对吧？"

我的目光向周围看了看。"那要看你是怎么认为的，卓沃尔。但简单的回答是：不是。我在执勤，保护晚餐……小鸡……阿尔弗雷德的小鸡。"

"噢，太好了。有那么一会儿，我担心……你不会吃他的小鸡，是吧？"

"卓沃尔，我感到吃惊和真经……震惊，你竟然问出这样的问题。"

"是的。但答案是什么？"

"答案就是，回到床上去，别操心我的事。我给你讲过有关诱惑的事，是吗？"

"是的，但是——"

"好了，不需要再说了。我们必须清楚诱惑可能会随时威胁我们，我们要提高警惕防止……一切都在我的控制之中，卓沃尔。"

"噢，"他打了个哈欠，"好吧。我要回床上去了。"

"太好了。祝你做个好梦。"

当他的脚步声消失在黑暗中的时候，我的全身为期待中的美味激动地开始颤抖。我跑回到笼子前……

啊？

……发现自己正在盯着一张……猫的脸！是皮特！他正坐在笼子顶上，已经打开了小门……正要把爪子伸进去！

他眨着眼睛，咧嘴笑着。"嗯。喂，汉基。我一直注视着你。我什么都看见了。"

一时间，我惊讶得说不出话来。"你什么也没有看见，小猫，因为根本没有什么可看的。我在保护这些晚餐……小鸡……我在保护小阿尔弗雷德的小鸡，你这个小偷，也许你应该解释清楚为什么你的爪子会在笼子里。"

他眼睛半睁半闭地盯着我。"你知道我在干什么，汉基。我刚刚揭穿了你。"

"撒谎，皮特，你在撒谎。我不知道你在说些什么。"

"你当然知道。每人百分之五十，这样分配怎么样？你一半，我一半？我的意思是，我几乎已经进到了笼子里，而你还没有靠近笼子呢。"

"皮特，我感到十分震惊，你竟然……要一人一半，哈？"我的大脑在飞快地转动着。"好吧，我认为我们可以……等等，先停一下！你怎么能把五只小鸡分成公平的两份呢？"

皮特叹了口气。"噢，我还没想过呢，汉基。你的数学比我想象的要好。"

"没错，你永远也不要忘记这一点。"

"好吧，"一丝狡猾的表情闪过他的脸，"我觉得我们其中的一个将得到两只，另外的一个会得到……三只。"

"这是你说的，伙计。我要三只我应得的，你要两只。"

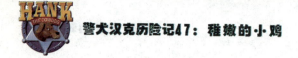

他的笑容不见了，我注意到他的尾巴尖在来回地摆动着。"不，不，汉基。这样不行。"

"嘿，皮特，是我先来的。"

"没错，但是我身材小能钻到笼子里，你太……"他眨了眨眼睛，"胖。太胖，这可太糟糕了。我想跟你达成交易，汉基。"

说完，他……你简直无法相信……就在我的眼前，这个偷小鸡的小偷钻过笼子的小门，进到了笼子里！

"皮特，你太令人讨厌了！这简直太过分了！我无法相信你竟敢……"

然后我才意识到……突然一个大胆而又聪明的计划开始在我大脑的黑暗角落里形成。我突然意识到……噢，吃小阿尔弗雷德的小鸡是一件非常严重的事情，对吧？我被指派保护他们不受郊狼、臭鼬和……

好啊，还记得在白天的早些时候，当时我有一种幻觉……一种强烈的感觉，一些凶残的恶棍想吃我们的宝贝小鸡吗？在当时，我认为他们会是瑞普和斯诺特，或者是斯可兰仕、山猫辛斯特，或者是牧场上一个通常被怀疑的惯犯，但是我绝没有想到……

不知何故，我忽略了这个最值得怀疑的、最狡猾的、最贪婪的、最自私的、最凶残的恶棍的名字。

谷仓猫皮特。

你现在明白了吗？皮特一直在策划这个阴谋，总之我……噢，看透了他的阴谋。是的，我早就知道，从我的内心深处知道，我们的小鸡，我们可爱的宝贝小鸡，将会受到这个贪婪的小魔鬼的攻击！

我突然意识到……嘿，皮特在鸡笼子里面！我冲上前去，伸出我的右前爪，砰的一声关上了笼子门。

我向里里看着皮特震惊的眼神。他再也不笑了。"汉基，不要做让自己后悔的事。也许我们可以——"

"算了吧，皮特。你应该知道，我从来不跟像你这样的小骗子做交易。我恐怕你偷不走小鸡了。"

说完，我直接进入了紧急狂吠程序，我们称之为"拉响警报"。突然这个小偷、骗子小猫在笼子里乱飞乱跳，把小鸡撞得四处都是。

我全身心投入地狂吠着。"警报，警报！紧急警报！大家请注意了！我们在笼子里抓住了一只杀手猫！请立刻派所有的部队和愤怒的牧场女主人到后院来！"

房子里的灯亮了。我听到低沉的说话声和走路声。院子里的灯也亮了，后门打开了，每个人都出来了。阿尔弗雷德、鲁普尔和萨莉·梅。

伙计，这可是我职业生涯中最精彩的时刻。在院子里的灯光下，他们看见牧场治安长官像捕鸟犬一样指着小鸡笼子，在笼子里潜伏着一只残忍的、堕落的小猫，他妄图犯下可怕的罪行。

哈哈。

你应该好好看看这只小猫。这时，他蜷缩在笼子的一角，用他古怪的猫眼睛狠狠地瞪着我。他的耳朵抿到了脑袋上……你会喜欢这一幕的……有一只小鸡站在他的头上！

当萨莉·梅看见她所宠爱纵容的小猫蜷缩在笼子里时，震惊得差点儿昏了过去。"皮特！你怎么能……"

接下来安静得能听见心跳。然后，小阿尔弗雷德说："汉克救了我的小鸡！皮特想吃了他们！"

萨莉·梅的眉毛拧成了麻花。她用怀疑的目光看了我一眼（我又怎么

了），然后走到笼子跟前，打开笼子门，抓住"偷小鸡先生"的后颈，把他拖了出来。

她把他举了起来，让全世界都能看见（我喜欢她这样），然后说："皮特，你这只淘气的猫！想得倒美！你真丢脸，丢脸，丢脸，丢脸！"

哈哈，嚎嚎，嗨嗨。

真是太棒了，太好了！我喜欢这里的每一秒钟！皮特遭到了他一生中最严厉的谴责，被抛出了院子，受到了罪有应得的羞辱。那么我呢？

噢，让我怎么说呢？我抓住了坏蛋，挽救了小鸡，破了这个案子，一切都是在十五分钟之内完成的。我得到了青铜奖章和牧场荣誉勋章，甚至还被提名为年度狗。

都是真的。还有呢，你知道吗？萨莉·梅说了一大堆赞美我的话！她是这样说的，一字不差，她说："我不知道这儿发生了什么，但是……好吧，汉克，不知何故，你无意中做对了一件事情。好狗。"

你听见了吗？好狗！是萨莉·梅说的！

耶！多么美好的夜晚啊！噢，简直好得不能再好了，对吗？当不能更好的时候，就该结束了，这一天过完了。

案子结了。

我补充一点。我从来没有想过要伤害那些小鸡。是真话。所有关于鸡肉晚餐的事呢？什么也不算，只不过是一个小小玩笑。哈哈。是真的。

噢，阿尔弗雷德和我的小鸡长大了，在县里的展览会上赢得了两条丝带。伙计，我真的很为那些……吸溜，吸溜……小鸡感到骄傲。

第48冊《猴子盗贼》

只要警犬汉克在，牧场里就不会有无聊的时候。在这次历险中，汉克得知一个偷工具的贼还没有被抓获，而这个贼经常利用猴子帮他干一些肮脏的勾当。不久，汉克发现自己跟偷东西的灵长类动物站了个面对面！汉克能够帮助制止接下来的犯罪吗？还是骗子成功地逃脱了，继续他们的不法行为呢？

下册预告

117

你读过警犬汉克所有的历险吗?